U0611364

苏 华 编

诗文需有大境界·寓真著述论评集

山西出版传媒集团 ◎ 三晋出版社

诗文需有大境界
——关于文学创作的一封信

寓真先生:

　　前几天继红先生着人将尊作《张伯驹身世钩沉》送来。印制之精美,在三晋版近年图书中可谓少见(新近出版的《山西民国读本》亦堪称精美)。这也可见出版界人士对先生及先生的这本书的敬重。书中附有陆机《平复帖》影印册页,也可说是一创新,让多少平常人看到了这一国宝的真面目。当系原大,可惜没有说明,因为人们总觉得既为国宝,定会大些。

　　您的这部书稿,在《黄河》杂志上发表时,前面几章当时就看了,有别的事打扰,后面几章没有看,这次拿到书,将后面几章翻阅一过,全书就可说是拜读了。原拟写篇讨论文章,送报刊发表,后来想,有些话见报文章上未必能说,还是写封信,直抒胸臆,较为妥当。

　　您先生,在政界是省高院院长、省人大常委会副主任,说声威显赫,一点不为过。在文化界,您是诗人,是散文家,也是众人皆知,皆认可的。然而,人们还是小看了您,近年来您接连推出两本书,一为《聂绀弩刑事档案》,一为《张伯驹身世钩沉》,让人大为震惊,也让人耳目一新,甚至议论纷纷,说李院长这人真不可捉摸,当着那么大的官,背地里下这么大的功夫。我也和别人一样,有这样的感慨。或许是与您接触的多些,感慨之余,我还想些别的。我之所以不愿写文章而愿意写信,就是因为想到的又想说的这些,不便在文章里说。您要知道,写篇一两千字的文章且能达到发表的要求,对我来说不是难事。至少所用的时间,会比写信少些。我的感触有两点,一是对书的,一是由书而引起的。如果有时间,还想说:作家身份的变换。

这本与那本写聂绀弩的,都是以资料取胜,那本多得自档案,更让人惊悚。这本以后面附的影印件推断,也该是档案材料,区别在于,一是民国时的档案,一是共产党执政时的档案,且是公安局的、监狱的档案。从隐秘与惊悚上说,还是后者更吊人胃口,开人眼界。本书第八章,名为横祸飞灾上海滩,第二节名为函件披露人情竟然如此冷漠。其中说,张氏被绑票后,盐业银行董事长兼总经理任凤苞如何的冷漠,如何指示上海方面不得牵涉到银行,看那来往电报的措辞,也还允执其中,言之成理。就是您先生,也不得不说"任凤苞坚持不能动用银行的款项,涉及全体股东的利益,这无疑是正确的决策"。而《聂绀弩刑事档案》中写到新中国成立后文化人之间的告密与倾轧,真能让人心寒,让人拍案大骂无耻。这只是材料的不同,对一部书稿的成功与否来说,最关键的还是材料的铺排运用。这部书在这上头,最大的特点是,能铺得开,能收得拢,迤逦而来,又迤逦而去。来之时如黄河之水,滔滔滚滚,声震云天,去之时如高空鸿雁,盘桓流连,不忍远去。前者最为明显,如前面三章,写张镇芳其人,写盐业银行问世,写复辟案始末,到第四章正式着笔写起张伯驹这个人。后者可举第九章的后一部分为例。谈了西安之行的最后一个目的,是为了参与后方的文化活动,这一章就可以说完了。写了游武侯祠的《扬州慢》词,写了赴兰州演戏的经过,加上几句感喟,便是一个不错的收束。作者却宕开一笔,说起抗战期间演戏且是演旧戏,是否与抗战的气氛不适应这个话题。结论是"传统文化活泼泼地跃然于民间,正是民族的生机所在"。这下该完了吧,还不行,又谈起闻一多先生在抗战期间对画展的一番激烈言论。由闻一多又写到持相反观念的张大千,最后的最后,引用了张著《红毹纪梦诗注》一段抗战赴西安途中看家乡戏的回忆,这才余音袅袅地停了下来。

由此书而引起的感触是,您的这两部书,如何能写的这样有品格,有境界。这个问题我早就考虑过,以前是模模糊糊,现在看了写张伯驹的这本书,就明确了。我的看法是,不说出身,也不说经历,您是真正热爱文学,热爱传统文化,由于学习,由于浸润,而具备了中国传统文化人品格的人。出身没有成为您人生的陷阱,长期官宦生涯也没有泯灭了您人性的真淳、聪敏、好学,以诗词为途径,直逼中国文化的底里。从早先我与您的交往中,我就感知到了这一点。比如我办《山西文学》，若无隐秘，来信与来稿同等处理，该引用的就引用，该发表的就发表。记得我们发表过一个作家的信，引起这位作家的不满，打来电话，嫌未经允许刊出他的私人信札。我当时听了只有好笑。我也发过您一封信，后来见了面，你只是笑笑，什么也没说。我当时的感觉是，您并不喜欢这样的做法，只是觉得，既已入了这个行，权且入乡随俗吧。和这样的作家打交道，不能太计较。这，正是您的智慧，您的胸襟，您的境界。智慧、胸襟、境界，是什么，说白了就是一种不在乎。只有这种小事上不在乎，才能做成大事情。

　　那个时期，您的这两本书还没有写，写得最多的是旧体诗。我不懂音韵，从不写旧体诗，偶尔写上一首，必定注明为俚句即顺口溜。但我最是喜爱旧体诗。你的那些诗，我是品味了又品味的。这上头，我信奉"境界说"。有境界，句子拙一点，也是好诗，无境界，再精巧，也不能说是好诗。境界有大有小，王国维说境界不分大小，意即不能以境界的大小论诗的好坏，这自然不错。但我认为，境界还是大点好，高点好。当今之世，何为大境界高境界？我认为应当是：家国情怀，身世之叹。这一点在您当年的旧体诗中，有充分的表现。记得吗，当年《山西文学》上曾发表过您的一首写己巳之变的诗，是首长诗，五言古风，写自己在家乡为父亲治丧，忽然接了命令必须按时赶回省城，那份焦急，那份不安，要给别人，极有可能写成一首庆功诗，您的诗中，并没有违碍的话语，但让人感动的是，一个相当于封建时代的桌台大人，如何既忧国体又忧生民，焦急万分地赶往任所。我看了这首诗，很是感动。身世之叹的诗，记得有两句："亲丧十载谤无止，擢官千员怨愈多。"真是沉痛，真是大气啊。这两句的字句不一定准确，不查了。

这两年，先出了写聂绀弩的书，又出了写张伯驹的这本书，我就想，您从那个时候走到今天，写这么两本书，实在是再自然不过的事。职务给您的便利是次要的，心慕神追，才是主要的。由写旧体诗到写旧体诗的奇才聂绀弩，由喜爱收藏到写收藏巨子张伯驹，关键是，他俩都是"数奇"之人，命蹇之人。由书而引起的感触就说这些，下面说：作家身份的变换。

诗人、作家、学者，好多人一旦选定或确定，就像旧时代的妇人一样，非从一而终死而后已。精神可嘉，其愚也可叹。人生的角色是在不断地转换着，人生的方向也是在不断地寻觅着、调整着。或许前半生的种种努力，只是后半生的一个铺垫。或许一生的辛苦，只是为了晚年的两句诗，一篇文。我要说的意思，近似于《张伯驹身世钩沉》中第160页下半页的那段文字。

祝文祺

韩石山

2013 年 11 月 12 日

5

《张伯驹身世钩沉》前言

寓　真

一

对于张伯驹的事迹,广大读者并不陌生。但许多人也许知其然,而不知其所以然。

出身于一个大官僚、大地主、大资产阶级的家庭,正处在二十世纪那个社会大变革的时代,张伯驹却走了一条自己独往的道路。他既没有投入熊熊燃烧的革命斗争的烈火,也没有充当他出身的那个没落阶级的卫士而成为牺牲品。在一枰激战甚烈的棋局中,他不过是一枚游离于局外的棋子。然而,他实现了自己的人生价值,得到了世人的敬佩。这也许就是一个可以令人回眸而凝思的奇迹。

世界丰富多彩,人生形形色色。世人走着不同的人生道路,抑或是自己的选择,更似乎是天意的安排。出身、环境、天资、气质、机缘、经历,诸多因素决定着事业的成败和价值的实现。

说到张伯驹的身世,会让人想起李白的诗中名句:"天生我材必有用,千金散尽还复来。"

李白有谪仙人的气质,性情豪放,而"千金散尽"的另一个因素,则是有钱。这位大诗人出身于四川富商家庭,二十五岁时"仗剑去国,辞亲远游"。他广交天下朋侣,两赴长安求取功名,当然不只是身佩宝剑,而且是腰中缠了金银的。

我们看张伯驹,生性嗜好艺文,淡泊功名,以收购国宝而驰名,亦有"千金散尽"的豪气。而他的家庭,曾经是当时国中富豪。正是那样一个亦官亦商的富厚家业,为他的豪逸洒脱的侠行义举提供了基础。

然而,值得我们羡慕的并不是他们的金钱。世界上富甲一方、腰缠万贯的巨商大贾很多很多,然古代成为诗仙的,只有太白;现代留下护藏国华之美名的,只有伯驹。

世上有钱人有两种。一种人既有钱,更有豪心逸志,便能特立独行,在某一事业上做出非凡贡献,青史流芳。另一种人虽有钱,却猥琐庸俗,只知吃喝嫖赌,精神贫乏,也许自以为快活一生,其实是虫鸟物类之快活,并不知何为人生。当代这后一种人,据传甚多。国家改革开放的这些年中,一些人财运亨通,暴发而成巨富,不论群众如何的买房困难、看病困难、子女上学困难,他们先富起来的那部分人已经钱财多得不知该如何消受,于是有人携巨款到境外豪赌,穷奢极欲,挥霍无度。如此富人,徒有华丽外表,内实污秽不堪。

世上没钱人也有两种。一种人虽无钱,外形寒酸,内在却有高情雅趣,有道是"唐之诗人,类多穷士",甚至有"乞丐诗人"。陶渊明曾作《咏贫士》诗云:"倾壶绝馀沥,窥灶不见烟","敝襟不掩肘,藜羹常乏斟","岂不实辛苦,所惧非饥寒,贫富常交战,道胜无戚颜"。你看他酒壶干得一滴不也倒不出来了,厨灶也不见烟火了,破衣烂裳露着肩肘,这实在是太穷苦了,然而他所惧怕的不是饥寒,而是最怕失去道义原则,贫富二字常在内心交战,"贫而有道"属于他心中的胜利者,只要守着正道,脸上就不会有悲戚的容颜。这就是陶渊明笔下的贫士。另一种没钱人,则缺乏这种道德的力量,因生活所迫而至于胡作非为,所谓"民贫则奸邪生",贫而贱,贫而无耻。贫穷是可悲的,贫而无耻则更加可悲。可见无论贫和富,精神是极重要的。无论贫和富,只要精神卓尔不群,就可以成为名士。

如果我们只是复述张伯驹先生那些利国的好事,似乎并无必要;然而,当我们透过行为现象,观照一个人的精神世界的时候,却会是别有意趣的。

二

李白诗集中有一首《书怀·重寄张相公》,写道:

本家陇西人，先为汉边将。功略盖天地，名飞青云上。苦战竟不侯，当年颇惆怅。世传崆峒勇，气激金风壮。英烈遗厥孙，百代神犹王。十五观奇书，作赋凌相如……

这首诗中，李白称自己是西汉著名边将李广的后裔。"飞将军"功盖天地，未能封侯，其英烈之气却遗传于后代。李白或许是承续了先祖灵根，所以少年有为，天才英特。"十五观奇书，作赋凌相如"，是把自己比做西汉大文学家司马相如。而在另一首诗中，他还说过："五岁诵六甲，十岁观百家。"可知其童少年的时候是何其聪慧，对于历史古籍早已广泛涉猎。他二十岁时所写的《大猎赋》，其中有句云："擢倚天之剑，弯落月之弓；昆仑叱兮可倒，宇宙噫兮增雄。"确有司马相如的闳大气魄。

然而，李白在政治生涯中却屡遭失败。唐玄宗召李白入京，曾以翰林供奉的身份，待诏一年多时间，后来遭人谗毁而"赐金还山"。到安禄山叛乱时，又应永王李璘的征召，随其东巡。永王兵败后，李白被囚于狱，落入"世人皆欲杀"的境地。汾阳王郭子仪站出来为他说话，才把他的死罪改成流放，在流放去往夜郎的途中，有幸遇上了大赦。

上面所引《书怀·重寄张相公》，就是李白出狱后，写给当时的朝中宰相张镐的诗，诗中表白心愿，还有东山再起的意思。此诗中还写道:"想象晋末时,崩腾胡尘起。……抚剑夜吟啸,雄心日千里。誓欲斩鲸鲵,澄清洛阳水。"这是以西晋末年的"五胡乱华"的历史,借指安史之乱,表示诗人斩鲸平乱的雄心。诗意最后则归结到惩灭敌虏后,并不求论功封赏,只愿飘然而去,永作海外的游仙:"灭虏不言功,飘然涉方壶。惟有安期舄,留之沧海隅。""方壶",是传说中的海上仙山。"安期舄"即安期生,蓬莱仙人。

李白在这篇诗歌中所表达的政治抱负,和功成之后归隐学仙的心愿,是他的一贯思想。早年写的《代寿山答孟少府移文书》中,他就说过:"达则兼济天下,穷则独善一身",表示要立志奋其智能,辅助帝王,"使寰区大定,海县清一",然后则愿像陶朱、留侯一样去"浮五湖,戏沧州"。然而,他的政治抱负始终不能实现,因而也始终不能达到其"功成身退"的隐士、仙家、道人的愿望。历史只能让李白成为一个诗人,让他成了一个沉浸在醉态和狂幻中的诗人。历史为人类造就了一个诗仙。

张伯驹所收藏的极品文物,其中一件便是十分难得的李白的书法《上阳台帖》。一九五六年伯驹致函毛泽东主席,并赠送此帖,交由中央统战部徐冰转呈。原物现存于北京故宫博物院。

《上阳台帖》为白麻纸本,草书,五行二十五字。前隔水有宋徽宗泥金书签,引首有清乾隆皇帝所题的"青莲逸翰"四字,并钤有多家鉴藏印。宋代黄庭坚题跋云:"及观其稿书,大类其诗,弥使人远想慨然。李白在开元、天宝间不以能书传,今其行草殊不

10

减古人。"书评家都认为,李白作书如其作诗,高视阔步,物我皆忘,心闲笔纵,无不如意。此帖所写的内容,有"非有老笔,清壮何穷"的句子,字意一体,表现了这位诗仙的沉雄放达的气度。

《上阳台帖》原藏于清内府,清末流出宫外,为张伯驹发现后购藏。伯驹鉴认此帖为李白真迹,他在《丛碧书画录》中记曰:"余曾见太白摩崖字,与是帖笔势同。以时代论,墨色笔法非宋人所能拟。《墨缘汇观》断为真迹,或亦有据。按《绛帖》有太白书,一望而知为伪迹,不如是卷之笔意高古。"

张伯驹对《上阳台帖》的收藏,除了体现其对国家文物的珍爱之外,同时也体现出他对诗仙李白的钦慕。历史相隔遥遥一千二百余年,李白不仅有近一千首诗歌一直为人们吟诵,而且竟然还有他的墨迹幸存人间,尤其是中国文化人的灵魂如此递相沿袭,绵延不绝,想到这一点,不能不让我们感到这是多么值得庆幸的事情。

李白产生于李白的时代,伯驹出现在伯驹的时代,不可拟比。这个时代不可能诞生诗仙,这个时代却可以有艺术收藏鉴赏家。任何人的思想气度、德业功次,都不可能超越其历史环境。然而,名士都有同样的风流。有道是:"名下无虚士","是真名士自风流"。

三

笔者因职业所限,长期埋头于案牍中,以前与文艺界人士接触甚少。一次在朋友家里,偶尔看到一卷张伯驹手写的词稿。他的词,吸引了我,内心为之一震。大概由于文化断层已久,风气丕变的原因,当代人写的词,多有词语生硬、意味贫乏之病。而伯驹的词,是真正词人的词,可以读出古人的遗韵,这在当代词林中已殊为难得。由此而始,我便随时留意张伯驹的著述,以及有关他的生平事迹的评介。

其时我还在高级法院的岗位上。我所学习的专业只是法律。

法学教育的根本,并不在乎要记熟多少法律条文,而是重在培养一种崇尚法治的精神和公平正义的理念。真正研读法律的人,都会具有奉法律为至高无上、以护持正义为己任的基本品质。或许由于这种本质上的原因,法学界人士在社会政治形势的变化中,往往显得书生气而反应迟钝。正当司法体制改革成为社会热议的时候,我也曾经抱着某种热情和期待,而在实际进行中,才感觉到我们面对着许多复杂的情况。改革者的任何良好的意愿和举措,都可能会被他人利用而产生逆向的结果。我并不善于研究社会问题,而我所在的岗位却使我领教了各色人物,看到了那些离奇的现象。忽然有一天在无意中想到了张伯驹先生。忽然觉得这老先生不愧是现代社会的翘楚人物,他比我们这些学习法律的人要高超出许多。

除了先生的词令人喜爱，他收藏古代书画的事迹亦令人感慕。文物收藏真正是一件好事、雅事。既是为国家珍藏国宝，保护民族文化，而对自己来说，无疑也是一种情趣陶冶，大有益于身心。即使一九五七年被打成"右派"，"文化大革命"中再遭厄难，张伯驹始终精神不萎，照旧于诗词书画如醉如痴。法律界的人士却不会有这样的潇洒。法律无法与艺术相比，艺术很有情趣，而法律是很枯燥的。法律也不能与政治经济相比，政治经济可以随机应变，可以投机取巧，法律却以正直、稳固为特征。在政治经济的跃变之际，法律总是滞后的。那一场灾难性的"反右"运动中，各级法院属于重灾区，"右派"之比例据说高于其他党政机关。尔后的"大跃进"时代，仍然有许多法律专业人士不能随应形势，而被指斥为"右倾"和"旧法观点"。艺术家即使戴了"右派"帽子，也还会有机会进行自己的艺术创作。许多法官被打成"右派"之后，却完全销声匿迹了。他们之中会不会有人走上艺术品收藏的路子呢，那个年代的书画价格还很低廉，如果偶有觉醒者，应该是一种幸运吧。

九十年代初在太原市府西街有一片闲置的空地。喜好收藏的人们习惯在那里交易。那时我家住在附近，星期日闲逛偶然发现了这个市场。可惜我并没有及时从繁忙的事务中解脱出来。一方面要给络绎不绝的诉讼者排难解纷，另一面却承受着多种的干扰和莫名的发难，加之审判机关的自身建设，涉及人财物诸多问题，足使人焦头烂额。许多的法官大概与我类似，那些年让我们付出了太多的精力。

在西方的法律观念中，有"自然法"之说，我以为就是中国古人所说的"天道"。忠实地执行法律，为人间主持公道，是法官的天职，是这个职业的本质，是天道和良知。法官如果不能独立公正地行使审判权，而要听命于法外干预和要挟，既是对法律的玷污，也是对法官人格的玷污，那样的法官宁可不做。但是你又不能不做，因为有国家的重托，有当事人及大众的期许，你不能自命清高而不负责任。这也许就是所谓"忍辱负重"的含义。

在这个时候，受到了张伯驹的影响，真是一种幸运。艺术的爱好很神奇，它可以让人陶醉，可以化解烦忧、调整心态，可以让你在困境中得到慰藉，可以让你在威胁面前藐视它们，在利诱面前坚守节操。

对于诗词，我从年轻时即已形成嗜好，而涉足金石和艺术鉴赏，实在已经为时过晚，古董市场上已经无漏可捡。然而，对于古玩和艺术品收藏的沉湎，终于使我从烦冗琐务的围困中，找到了一个逃避的去处。自九十年代后期，我逐渐把较多的业余时间消耗在古籍、碑帖、书画、文房的玩赏中。这促使我研究了许多资料，早年所学的某些文史知识得到发挥，学养和人生情操也在接受着新的熏陶。譬如，过去背诵过不少李白的诗歌，似懂非懂，只有自己的生活经验和审美体验到了那种深度，才能读懂名士的风流。

李白歌咏道：行路难，行路难，多歧路，今安在？长风破浪会有时，直挂云帆济沧海。且放白鹿青崖间，须行即骑访名山。安能摧眉折腰事权贵，使我不得开心颜。歌且谣，意方远。东山高卧时起来，欲济苍生应未晚。

张伯驹有词云：今日异，几时休，人间不解重骅骝。歌百阕，酒千觞，风流犹似少年狂。宛转柔情都似水，飘摇残梦总如花，人间何处不天涯。辞北阙，对南山，孤吟独向海西边。陶然一醉东篱酒，万事如流等逝川。

名士风流，使人钦慕。

于是，我便更加注意搜求有关张伯驹的行藏资料，也发现了流行的书刊中对他有许多不准确的描述，需要钩沉史料，道出真情。现在这本书，也就这样构思出来了。

目 录

　　张伯驹——与张学良、溥侗、袁克文一起被称为"民国四公子",一个世纪以来,成为广受知识界、文化界敬仰的"中国文人"。《张伯驹身世钩沉》摒弃当今戏说之风气,用严谨的语言,对张伯驹的身世史料加以钩沉,其中,许多珍贵史料长久以来被"岁月"掩盖,此为首次披露。于冷峻中展露中国文人特有的高雅情趣,一种属于"张伯驹"的活趣和妙趣于不经意间流入读者的心灵……

　　推荐理由:

　　张伯驹出身官宦世家,对书画鉴藏、诗词、戏曲和书法均有极深厚的学养,被艺术大师刘海粟称为"当代文化高原上的一座峻峰"。因他淡泊名利,富不骄,贫能安,临危不惧,见辱不惊,终身追求传统文人最高境界的个性被誉为"民国奇人"。

《深圳特区报》　2013年12月14日

《张伯驹身世钩沉》研讨·报道·专访

文化人的担当与文化精神的传承

——《张伯驹身世钩沉》研讨发言

一　钩沉史料，写出贤者拙者的文化品格，即便是让人心向往之，即已达到写作的目的。

张明旺：　寓真先生曾任山西省高院院长、省人大常委会副主任，也是著名作家、诗人，近年勤奋耕耘，不断发表出版文学作品和专著，《张伯驹身世钩沉》(以下简称《钩沉》)是他继《聂绀弩刑事档案》(以下简称《聂档》)之后，又一部重要著作。之所以说重要，因为两部作品不仅具有文学价值，更具有厚重的史学和文化价值。两部作品写的都是中国近现代史上著名的文化人士，张伯驹是大家耳熟能详的民国四公子之一。有关描写民国四公子的图书甚多，但大多停留在故事的叙述上，甚至不惜发挥想象，借以媚俗。能够揭示文人雅士的内心世界、人生境界和精神品格的写作,不是很多,寓真所著《钩沉》一书,填补了这个空白。这部著作的两个特点尤其值得关注和研究:(一)搜集独家史料加以稽考,揭示人物身世之谜。关于张伯驹的身世,寓真几乎将读者熟悉的部分全部省略,重点钩沉其"情曲微露"的东西,大多取自第一手史料,令人目不暇接。(二)深入揭示了张伯驹作为文人雅士的特别禀赋、精神和气质。当我们从书中读到张伯驹一家复杂的人际关系和生活经历时,可以进入他的精神世界,理解他决绝得几乎要逃离这个家庭的生活态度,而无论处境多么艰难,始终表现出一个文化人的优良精神品格,这也是我们当代人应当受到启迪,应当坚守的文化品格。

杜学文: 寓真先生是一位身栖两界的专家,既是一位终身从事法律工作的领导干部,也是一位非常执着的诗人,一位具有文化使命感的作家。他的作品不断问世,表现了他对文学、对文化的执着和忠诚。《钩沉》这部著作的价值在于:(一)倡导了一种精神,或者说是一种价值观,书中着力表现中华民族士人的风骨和精神,他们如何看待钱财、事业,如何守护和传承我们民族文化的品格,这种品格在我们现时代尤其需要张扬和传承。(二)作者所依据的资料是非常丰富的,除了档案材料,还有其他大量的文献方面的资料,写成这部书非常不易,除了文学方面的特色之外,书中所体现的史料的严谨性、对传主的责任感,是非常值得肯定的。(三)这部书可以作为一部社会文化学著作来读,对于张伯驹人生经历的时代背景,我们可以从书中了解到许多其他史料中没有提及或很少提及的东西。比如他父亲的身世,涉及当时的政治历史;再比如说盐业银行的建立,这个时候晋商已经 衰落,中国金融业的发展迎来一个转折期,书中也有一些介绍;再比如说,新文学运动的风云人物,我们更多地知道他们在文学方面的贡献,但少有人提到他们在文物方面的贡献,这部书中都有一些披露。总之,《钩沉》一书为我们全方位立体式的再现了张伯驹及张伯驹生活的大背景。我们可以把它当做报告文学来读,也可以 把它作为历史著作来读,你可以看到中国的发展和变化在一个人身上的折射,也可以看到其他史料和典籍当中很少提到的、对我们来说很有价值的东西。

胡　平：　(一)这部《钩沉》,的确是钩沉体,和作者的法官职业结合得非常好。寓真先生的文字很冷峻,也有点像法官的精神,用词、用典,一些事迹的考察都非常严谨,非常可信,和市面上流传的一些吸引读者眼球的东西有很大的差别。这部书学术性很强,文学性也很强。和一般传记也不相同。钩沉不是非要把张伯驹从头到尾写一遍,而是着重写大家不清楚的、着重写作者在他研究过程中发现的张伯驹,其中有很多非常珍贵的史料。寓真先生绝不敷衍成篇,写作态度是很值得尊敬的。(二)钩沉里还有一些辨伪,对其他书里、传说里有一些说法,给予了澄清。比如说民国四公子到底是一个什么情况,我去东北的时候听到当地对张学良的一些评价,和寓真先生经过研究后得出的论点是很相近的。民国四公子是一个很有意思的话题,寓真做了——

的辨析，也是这部书的贡献。（三）更可贵的是，寓真下了很大的力量去钩沉去辨伪，但不是以此为最终的目的，他的最终目的是表达一种对传主高尚人格的敬意。在《聂绀弩刑事档案》中作者说："当今有些书，为名人做传记，身世经行，巨细尽陈，却写不出骨肉来，写不出人格来。"所以，寓真来写这些传主，是要写出骨肉，写出人格来的。我感觉到作者在写聂绀弩、写张伯驹的时候，对传主的崇高人格很敬佩，心向往之，这也是这部著作与其他著作不同的地方，他要写出传主真实的情操。寓真概括张伯驹的人格，说他是"贤者拙者""书生本色，风流名士，散淡人生"，其中也表达出对当下越来越俗气的时风的反感。也许在当今的时代，像张伯驹这样的贤、拙的文化人已经是极少极少的了，而作者正是感慨于这种极少，才极力弘扬传主高尚的情操。书中非常重视对张伯驹家学渊源的研究，对张伯驹及他的家庭的研究是非常着力的，其目的也就是解释为什么会出现张伯驹这个人。通过这些，所体现出的作者的创作方向，我是很赞同的，通过这本书，可以使更多的人心向往张伯驹先生的崇高人格，哪怕只是让人心向往，也已经达到了目的。此外，我觉得，这部书可能是钩沉体对它造成了一点障碍，文笔非常冷静，如果在文字上再多一些修饰，可能会使书的力量更强。

二 在不动声色的写作中,还原历史现场,给人一个历史的新的认识,作出人物的终结评传。

阎晶明: (一)关于寓真创作的蜕变。我与他认识二十多年的时间里,前一时期,他是一个法官诗人;后一时期,他是一个学者、一位作家。他在由中年向暮年过渡期间,创作上有了一个新的爆发,这种爆发是一种非常年轻的力量,使他成为一个非常有见地的、有扎实功底的学者、作家。从《聂绀弩刑事档案》发表,再到《张伯驹身世钩沉》的面市,这样一个蜕变的过程,足以说明他不只是抒一己之情、感一时之怀的诗人,而是一个勇于担当、厚积薄发的知识分子。这可能是我们过去对他的诗作认识也不够清晰、不够深入的原因所致,但我认为更多的是寓真本人这些年来的一个新的崛起和努力地结果,而其中的艰辛也是难以想象的。

(二)本书的意义所在,可以使读者对民国史有一个新的认识。寓真写的聂绀弩、张伯驹这些人物,其实都是一些知识分子。他通过对这些人的一些描述、一种叙述、一种勾勒、一种钩沉,通过这样一些创作方式,使我们不但对张伯驹他们本人,甚至对整个中国现当代文化、整个文化潮流的认识,都非常有帮助。因为中国现代史是一个非常复杂的领域,历史本身的复杂性,以及其后的意识形态的原因,对现代史的研究成为是一个艰难的事情,对于主流来说,中国现代史的研究也是一个党史的研究,在这个概念下又容易造成一个很硬的壳,而这个壳是很难敲碎的。寓真从写聂绀弩、到写张伯驹,这个写作,恰恰是走了具有启示意义的道路,他是非常到位的。史料是非常充分的,功底是非常扎实的,叙述是相对客观的。材料充实,但绝对不是材料的堆砌,因为他有自己的历史观、价值观,但这些历史观、价值观又不是跳出来说,不是戴个帽子或是前头后尾简单说一下而已,而是贯穿到自己这种不动声色的叙述当中的。他的这种写作,给我的印象都是不动声色,但都是有见地的。他始终忠于史料、忠于客观性,所以可信,是读者可观可读的一个出发点,也是一个归宿。

(三)寓真是张伯驹传记的终结者。关于一个人物的传记性、评传性的描述,首先是作者本人有没有一个作为终结者的勇气。寓真的写作就带有一种终结者的意味,他写聂、张这两部作品,若有人再写、并想超越,那真的是很难的。尽管他选择的是他们人生中的一段,而不是完整的一生,但他所选取的,正是对社会、对历史最有影响力,也最有启示性、最有总结意义的那些部分,这样的创作就是有终结者力量的。加之于他的写作还具有一定的扩散性,并不是揪住传主一个人一味地抬高,有助于读者认识传主本人,同时对认识传主周边的很多人和事也有帮助,特别是对于改变我们对这些人和事一些简单的看法有很大的帮助,也就是说,作者还原现场的能力是很强的。这本书里面,我们除了知道张伯驹的那些林林总总事情之外,我们还知道了他周围的和他有关系的很多大小人物的事情,比如说张的父亲、家人那些奇闻轶事,比如说袁世凯、民国四公子以及张学良、阎锡山、蒋介石等等,有时候你在看这本时,觉得不是在看张伯驹,而是在看阎锡山对一些事情是怎么看的,张学良其人是应该怎么评价的,而那些东西恰恰可能是关于阎锡山、关于张学良的书中所读不到的,而通过《钩沉》这么一部书我们反而读到了历史。寓真选用"钩沉"这样一个书名是非常有勇气的,也许叫一个"风流才子",或者"张伯驹评传"之类,在销路上要好一些,而"身世钩沉"给人一种感觉,只有精英学者,只有专业的人才会关心。但据出版社说,寓真坚持这个书名,他做的就是身世钩沉,忠于自己的书作,不是为了什么,不管后果如何,前提是不容忽视的。

刘绪源: (一)材料罗列方式与高雅文学性。寓真这本书非常有特色的地方,是在大量史料的排列方式中,表现出非常高雅的文学性。他将档案材料和大量的史料,用一种罗列的方式放在这样一部作品当中,有很强的说服力,有很强的真实性,有很强的史料感,同时里面渗透着非常微妙的趣味性,如数家珍般的趣味味性,从文学上来说,就是一种更高雅的文学性。过去一些名家的作品,很出色地运用了材料排列的写法(举例略)。这种材料罗列,是有"活气"在里面的,有一种学者的心境在里面的。这样的写法,不同于现在的研究生写论文,研究生在网络上找很多材料,找一些冷僻的东西堆积到一起,虽然材料很多,但是材料无生命,没有活气在里面,就是材料的堆砌。其实低端和高端有时

8

候就是相通的,书法作品的最高境界,恰恰如小孩子的字,最早的儿歌、童谣是直接打动人的,现在的通俗文学也是直接打动人的,但纯文学和通俗文学的区别在于:纯文学是需要再创造的,作者虽不动声色,而读者已被打动,因为作者的再创性,对历史的反思,对历史的观察,对历史的情感,其再创造所形成的审美,比直接打动人的审美情感要高雅得多、深刻得多、强烈得多。寓真的这种大量罗列材料的写作,却没有堆砌的感觉,每一个材料都感觉是新的、有活气的,这里边就有着在梳理材料过程中的作者心情的灌注。

(二)历史背景的再现。寓真在对张伯驹个人身世的钩沉中,写出了整个历史背景。陈寅恪写《柳如是别传》,写一个人,其历史背景是极其丰富的。寓真也是这种写法,写张镇芳在历史材料非常丰富,还有袁世凯那段历史也写得很重,通过一个人的身世看到非常复杂的背景,看到时代的变迁。材料用得很好,用了档案、野史、洪宪纪事诗、张伯驹的词,以及当时笔记,从多个角度形成一个时代感,书的趣味就在这里,这要比看历史书有趣得多。

(三)法官意识的体现。作者的法官意识,在这本书中达到了很好的体现,比如有几次提到沈家本,他对沈家本特别有感情,评价也很高。沈家本在中国的法律史中,是晚清一位非常重要的人物。书中还写到了对民国法律的评析,民国的法系和现在的法系的对比,当年的官员和现在的官员的对比,以及宪政问题,虽然用笔不多,甚至只是那么一点,却都能显示出作者对当代社会的关怀,这一点是非常珍贵的。

（四）结构上的率性。结构的率性,看得出文人的一种品性。《钩沉》这本书的结构上的率性,包括材料的罗列,结构安排,包括写法,书中间有随意的插话,写到后面,身世的叙述却戛然而止。这样的写法,可以看到一个文人的心境,一种个性。总之,这部作品是既有法官特点,又有着独特的视角,有作者的个性,严实、可信、真实、可靠的传记作品。如果说有不足之处,我觉得是清俊有余、风韵不足。清俊的意思,用通俗的话来说就是瘦、不够胖,作品还可以更丰满一些,各方面的史料如果能再多一点吸收的话,就能够更加丰富多彩,摇曳生姿,历史的感觉能够更丰富。

三　写出家国情怀、身世之叹,以读书人的担当、匡时弊的抱负,光大中国传统文化中诗性的、美好的文化精神。

李建军：（一）寓真的"中国梦"。寓真的这两部作品,《聂档》和《钩沉》都包含大的忧患在里面。他试图在中国的传统文化中发掘出对救济当下世风、人心有用的东西。所以说他的作品是忧患之作,不是泛泛的用一些噱头,或者是能够吸引人们眼球的东西来写。他一定是要发现值得写的人,而这个人身上一定凝聚着他认为特别有价值的东西。无论是写聂绀弩,还是写张伯驹,他是要抓住传统文化陶树起来的气节、人格、道德风范,其中那种诗性的、优雅的、仁义的东西,而又恰恰是我们当下最缺乏的。现在我们面临着"礼崩乐坏",如果说寓真先生有一个中国梦的话,那他的中国梦就是光大中国文化中诗性的美好的文化精神,来救治趋于崩溃的礼义和世态人心。在寓真的笔下所写的生活,以及他所写的那些人物的性格、信念,那种传统文化,是有规矩的,与之对照的就是我们长期的无法无天,用《诗经》的话说是让人"忧心烈烈"。那种今昔对比,雅俗对比,教养与野蛮的对比,在这本书里都能看得出来。寓真有他的视角,他是学法律的,法的精神的缺失,导致了人们内心世界和行为生活的随意性和无规矩。寓真抓住了非常根本的问题,就是我们长期以来用一种想象出来的阶级文化,取代了具有民族普遍意义的民族文化,而对于一个国家的整体性认同来讲,最重要的就是民族性、国民性,而不　是把人根据财产的多少化分成阶级,造成对立、矛盾、仇恨和隔膜,那样是不可能促进我们的整体认同和社会和谐以及我们的文化、文明的发展和进步的。写聂绀弩、张伯驹可以说是为我们的民族文化招魂、昭雪,光大其事,借助于张伯驹、聂绀弩他们的这种精神、气节,这种诗性,来彰显传统文化的诗性。所以我觉得寓真这本书包含着深深地救人心、救世道、匡时弊的抱负,包含着他的一种忧心切切的中国梦。(二)反思五四以来在传统文化理解上的偏差。寓真的书中,在今昔、雅俗、文明与野蛮对比非常强烈,他是在反思、校正五四以来我们对传统文化的理解上出现的偏差。我们现在应当冷静看待五四问题,我不是要否定五四这个伟大的启蒙运动，但在对待传统文化上确实存在严重问题。五四运动导致我们民族文化的虚无主义倾向，导致我们对西方文化不理性膜拜倾向，一直到后来的文化大革命，一直到我们十三亿人中出现对中国传统文化普遍的无知、没教养的现象，这后果是相当严重的。从这个角度讲，寓真书里面体现了校正五四对现当代文化建构，对中国传统道德、中国传统诗性文化，出现的严重的偏差。作者有学问，而且很理性，他的文字如老吏断狱，一丝不苟，所有的判断都是用事实说话，这种态度也很宝贵。对我们当代的作家，我攻击得较多，攻击一些作家基本上是不学无术、不读书、不学习、没文化的人，包括一些著名的作家，而这些没文化的人成了我们的文化偶像是非常危险的，你看看他们的小说里那些海淫海盗的内容，那些暴力呀、性呀，滥加渲染，而中国人传统的温柔敦厚、诗性的东西看不到多少。所以我觉得在这种对比下，寓真的写作，其意义的所在，就更加凸显出来了。

王　风：　寓真先生的研究品位很高，不管是聂绀弩，还是张伯驹，尽管背景很不一样，一个是革命出身，一个是北洋遗少，但是这两个人都是人中龙凤。《钩沉》这本书其实不能看成传记，每个章节都有相对的独立性，是关于张伯驹身世问题的一个论文集，中间作了一些连缀。作者有他的资料，眼光很高，因为别人写过的他不想写，不想再去重复，书中就只有他自己独到的见解，独家掌握的资料，独立的研究，由此形成这本书的结构特点。我从头到尾没看到一个错字，这是小问题，却是当今的大问题，现在学术界已经对文字没有基本的卫生习惯了，对文字的不尊重。寓真的书基本上没有错字，足见其认真的写作态度。这本书的最大贡献，是把张伯驹这个人物形象丰富起来了。市面上关于张伯驹的图书，涉及他的传奇和故事很多，但猎奇的居多。寓真这本书不同，比如其中说到张伯驹与他的妾、妹妹的官司问题，还有他被绑架过程中的一些事情，都能够看到张伯驹的不同于以前传奇的一面，他也有世俗的一面，也有普通人的烦恼，他并不是飘来飘去的翩翩佳公子。我听老人们说过相关的故事，张伯驹有一种大爷脾气，寓真没有回避，写出了他的性格。张伯驹除了对书画之外，他对很多东西都感兴趣，如戏曲、古琴等，他喜爱并且不希望把这些东西断绝掉，所以他一辈子的精力就是希望把这些东西保存下来，把美和艺术保存下来，这是张伯驹的精神，寓真的书给了我们一个完整的印象。寓真作为法官的身份，对他的写作带来了一个别人没有的好处，他在研究中像法官那样尽量作持平之论。有所遗憾是书中对于有些资料来源没有注明，会影响到学术的引用，如果标注清晰，会让寓真的这一著作发挥更大的作用。

韩石山： 寓真先生是个读书人，也是一个有大境界的人，人有境界，诗也有境界。诗的境界，我最看重的是"家国情怀，身世之叹"，这些在他的诗里都有。我编《山西文学》时，发过他一首五言旧体诗，叫《己巳夏日纪事》，那时他因父亲病逝、安葬，正在老家，接上级命令要当即赶回省城，诗里写了他一路上的心情，既忧国体之安危，又忧黎元之福祸，焦虑不安，又从容笃定，颇有古时大臣的风度。这就叫家国情怀。我还见过他写的一首七律，其中两句是："亲丧十载谤无止，官擢千员怨愈多。"这就是一种身世之叹。原先他一直写旧体诗，最多的是七律，懂韵律，见性情。这几年写人物传记，不是那种从生到死的传记，而是以钩沉史实为主，以写人物的命运为主，最大的长处是材料多来自历史档案，真实、可靠，有的还让人惊悚。聂绀弩、张伯驹这两个人，都是高人，也都是不容于时的人。寓真有那样的境界，才选了这样两个人物，倒过来也一样，选择了这样两个人物，必然有那样的高境界。写什么有时候像是演戏，有的戏很好不是人人都能演得了的。正如寓真书中的一段话："演员为什么有的角色能扮演好，而有的角色就扮演不好，原来要看演员的气质性情，适合于怎样的角色。"聂绀弩、张伯驹这样的人，就应该由寓真这样的人来写，他写了这两人，必然与这两个人有共性的地方。这本书我大致都看了，总的感觉是，材料铺排得体，有开有合，跌宕有致，如果说《聂档》有材料堆砌的话，这一次材料有了调度，开阖有序，常是迤逦而来，又迤逦而去，有时候还七拐八绕、欲进又退，不管是拐还是绕，是进还是退，总能落在正题上。还有一点，就是大气，写文章、写书，一定要大气。韩愈有首诗写道："一朝封奏九重天，夕贬潮阳路八千。"这气势多足！不是当了那么大的官，经历那样的事，是写不出来的。由此我有个感觉，有才华的人，还是要当大官，这样有大境界，有大经历，准能写出好作品。当然，当不上那样的官，并不等于可以放弃我们的责任。读书人要有读书人的担当，在精神方面，多给国家人民提供些好东西，以振奋民族精神，提升民族品格。

四 一本有思想的书，写出了高士们穿越时空的思想对话，足可令人在阅读中借以塑造自己的内涵。

王 干：（一）寓真的暮年成长。寓真先生在我认识的人里面，好像还是一个正在成长的人。我们相识时，他已经快 60 岁了，一般人到了 60 岁不是成长，甚至是倒退的，记忆力、体质方面都在减退。但寓真不是，我了解他先写诗词，又写书法，再到著作，如今已是古稀之年，作为一个官员，到了这样一个年纪，作品一部比一部写得好。我就把他做一个横向比较，发现我们很多的作家，60 岁以后往往都出于一种倒退的状态，包括一些著名的作家，60 岁以后写不出特别像样的作品来了。寓真本身是一个法官，但是他这十几年来写出这么多的作品，而我们的专业作家他们创作却基本成衰退之势，这是一个很复杂的现象。我想是不是这些作家之前已经把能量释放完了，而且对文学、对文化没有寓真这么投入。不管是《聂档》还是《钩沉》，其实是需要一种对历史对文化对文学的投入，投入度和热爱度影响成书，从这个方面讲寓真先生已经是一个传说了。（二）通过塑造人物也在塑造自己的形象。通过他的文学、文化方面的努力，本身营造了一个传说,通过写聂绀弩、张伯驹,也是在营造一个寓真先生的形象。在我的认知里,他就是通过这些高人形象的塑造,使我看到了他本身的形象,这就是在塑造别人的同时也在塑造自己。(三)寓真体的形成。《钩沉》这本书,作者特别冷静特别客观,这与他的法官的身份有莫大的关联,他非常重视材料,"身世钩沉"充分体现了重事实重材料,也体现了作者的一个诗人的心、文人的心,对士大夫高士的向往之心。对于已逝的高士心向往之而不可得,那种遗憾就成了书里面一声美好的叹息。《聂档》与《钩沉》在慢慢地形成一种寓真体。我们现在的文学作品中有一种叫非虚构体,但是,一些作品的毛病是主观色彩太强。非虚构的本质应该不是作家在说,而是人物在说,材料在说,历史在说。寓真体的特点就是人物在说、材料在说、历史在说,这就是构成寓真体的三个基石。

胡殷红:近年来看到寓真的作品,不论是遵循古典形式的诗,还是创新的,以至写历史文化的大散文,都显示出深厚的文学功力。我印象最深的是,寓真在准备写聂绀弩的时候,多次希望让我去找黄苗子,去印证一些事件。我觉得现在作家中是很难做到这一点的,都是率尔操瓠"急就章",没有寓真那么严谨。他这种文学情怀的坚守很值得尊敬。写诗的人一般内心都比较澎湃,他对用词却相当吝啬,写古典诗词用词简洁,涵盖很多意思,每个人都能读出不同的体味来。现在他写人物评传,写作态度非常严谨,这和他的性格,和他长期简练地写古典诗词的方法有关。这本书写张伯驹，虽说是钩沉，但体现出他对当下对现实问题的思考。比如书中写民国四公子，就联系到今天"传统文人的儒雅风流扫地以尽"，书中写道："当我们滑到沟壑下面的时候，即使再去看当年的小丘，也已若高山仰止了。"他还评价说："他们接触的是完全'纯种'的汉文化，即使经过了新文化的一次激烈的颠覆，他们仍然不为所动，仍旧做文言文，仍旧做旧体诗，仍旧演旧戏，而且还要煞费苦心地收集保护那些几千年的古董，从这一点来看，民国四公子还算是传统文化的坚贞守护者。"而当下的某些没落现象与当年的十里洋场相比，甚至是有过之无不及。从这里我们就可以知道，寓真为什么要写聂绀弩，为什到要写张伯驹，正是为了"传统文化的坚贞守护"。从他的书中可以看出他内心的那种传统的文人情怀的坚守，这是他的写作的现实意义所在。

杨占平：（一）一本非常有思想的书。近几年类似作品也读过很多，但是很多人的书停留在资料的整理汇集上，有思想的有，但是不像寓真这本书思想性这么强。钩沉就是对资料的梳理，如果你没有思想是很难钩沉得到位和准确的。这本书通过对史料的钩沉或者梳理，寓真先生给我们还原了一个知识分子的形象。有关知识分子这个问题，我们已经讨论过无数遍，在中国这个社会或者时代情况下，知识分子是一个永远讨论不完的话题，寓真通过张伯驹和聂绀弩为我们提供的话题，其实是一个思想，这也表明我们的社会在进步。我们敢于研究这些知识分子,这就说明社会在进步。我们从这本书里面,看到了作者对历史人物的个人的一些看法,他的一些思想已经是超越了过去我们对于知识分子的看法,思想是非常深刻的。(二)一个启示。我们想要做一个研究,必须踏踏实实、脚踏实地地从基础做起,也就是从资料做起,因为我们学术界也好,文学界、批评界也好,可能受各种大潮的影响,我个人感觉都是有一些浮躁的情绪,很多人一知半解,本来可以写一本书的内容做成三本,甚至有人将一万字文章资料可以做成十万字。而寓真是把甚至一百万字的材料做成十几万字的这一本书,他在做研究过程中是非常慎重、非常严肃、非常注意从基础做起。这一点给我们做研究工作的一个非常好的启示,如果你把材料梳理清楚了,完全吃透了,那么你做出来的就非常有价值,有自己的观点,而不是人云亦云。

李骏虎: 多年与寓真交处,而这次读《钩沉》,还是超出了我对他的阅读期待,感到从他写作《聂档》之后,有了更为深沉的思考,更为深厚的情怀。书名冠以"张伯驹身世",但是这不仅仅是一部个人的传记,它以张伯驹为抓手,左右勾连,深入浅出,以人说史,借古鉴今。有关这段历史的书,之前我也多次读过,但是这次读寓真的书就有一种很不一样的感觉。寓真用这样的一种梳理史料的方式,以前没有读过,用我们搞创作的人来说,这样的写作是有野心的,是一种对社会秩序的一种解构,从历史演进的角度进行反思、重构,我觉得这部传记实际上是一部从写个人角度出发的思想史,并且在评判人物的同时,也体现了作者个人的历史观念,作者评判历史人物是非功过的时候,所体现出来的个人历史观对我们是有着启示意义的。这里我谈三点感受:(一)寓真是一位饱学之士,文章高手。《钩沉》这本书中,他高谈阔论,旁征博引,信手拈来,词采飞扬,随心所欲,而且大开大合,立意高古,论断准确,在做历史评判的同时,对社会秩序,对世道人心能够鞭辟入里,体现出深沉的人文精神,并且印证了"文章老更成"的说法。(二)人文精神。我们读人物传记,尤其是读名士传记,对做学问和做人都是大有裨益的。通常在生活当中,无论你有多大的成就,无论你居于什么高位,都有可能是一个形容猥琐、举止失据的那样一个角色。这种情况之下,名士的不合作精神,卓尔不群的风采,通过阅读是会塑造我们的内涵,让你能够内心强大,能够不怒而威,能够令人肃然起敬。甚至他们个人在历史洪流之下,被携裹的那种无奈和悲怆,实际上也是一种沉淀的情怀,也足以令人感动。《钩沉》以传主张伯驹为切入点,并且从李白说起,以李白和张伯驹的精神气质为纽带,互相映照,身世又溯源到了张伯驹的父亲张镇芳,所写不拘一人,但是在精神上面是贯通的,体现了高士们穿越时空的思想对话,并且作者与传主的精神与高士的精神也是贯通的,古代与近代,近代与现当代的高士精神也是贯通的。(三)文学造诣。这虽然是一部评传,而故事讲得很好,人物形象刻画得也很好,比如其中有个人物陈宧,四川的督军,对袁世凯行嗅脚礼的那个人,而后他又出尔反尔去反袁,虽然着墨不多,但是把这个丑角,这种人骨子里的那种奴性都刻画了出来。其次，虽然是一部评传体，而写出了思想。比如说张镇芳，书中把他的思想根源及在各个历史选择关头的内心矛盾，都表现了出来，这样的评述需要很强的笔力。涉及清末民初到现当代的诸多的风云人物，几乎都用同样的笔法，臧否鲜明，论述有力，使历史真相拨开迷雾露出原貌，使人物形象跃然纸上，把诸如洪宪帝制等等重大事件当中的各色人物，都打回了原型，笔力是非常厉害的。从这一点来说，《钩沉》不逊于中央台的"百家讲坛"的任何一位教授的讲座，甚至文风更加的纯正。但这也是我觉得不满意之处，还是有一点靠近"百家讲坛"的风格，假如能够在行文当中去掉偶尔出现的对读者说话的姿态，完全变面向读者为背向读者，就是说我在说史，但是我不是面向读者，我是背向你在说，这样会更加深沉，更能够击中人心的痛处。

五　现在到了一个谈文化的时代，要以文化的执着，文化的担当，文化的自觉，文化的尊重，传承民族文化的精华。

降大任：　我简单说三点感想。(一)生命与文化。生命与文化二者如果不可兼得，要舍生命而取文化，这种精神在张伯驹的身上体现得非常明显。现在已经是到了一个谈文化的时代了。我所说的文化是指中国传统文化，能够舍生取义，杀身成仁，张伯驹有这样高的境界，是中国士文化的精华。

(二)做官和文化。这是对寓真先生做官的一个看法，做官的人不能没有文化。过去有一种偏向，土豹子当官是名正言顺的，知识分子你只能改造。现有一些官员似乎也文化了，但凡一个官员出来就是一个书法家，这书法家是要加引号的。寓真和我是多年的老朋友，他是真正重视文化的，他在文化方面的积淀是很深厚的，《钩沉》这部书里面就充满了诗意，其中引的诗文、诗词也是很多的。特别是他退休以后，他的诗文到了一个新的境界，而且产量很高。他对文化的执着、文化的担当、文化的自觉、文化的尊重，我是非常钦佩的。我曾经对他这部书中个别字句提出过意见，哪怕只是一些无关宏旨的小意见，他也非常重视，显示一种尊重文化的态度。

（三）金钱和文化。主要是说出版社，应该感谢他们大力推荐出版这本好书，不是把经济效益、金钱摆在第一位，我觉得能把社会效益摆在第一位是非常可贵的。

陈飞雪：　我将《钩沉》这本书是从头读到尾，虽然是以史料钩沉为主题，可是我读下来觉得作者有很多的牢骚，他有诗人的情怀，在这个书里面其实是一个精神的很活跃的存在。寓真没有被材料所压倒，他对这些材料的理解，以及他的家国情怀，针对现实的一些感思，我归结之为牢骚，其实这也是中国诗人的传统。寓真有一种非常冷峭的文笔。我们看他的文风里面，有一种讥诮所在，比如说我们看十四章的标题——"终于成了无产者"，前面的标题都是平铺直叙的，好像我们在看法院的材料一样，但到这里终于跳出来了，看到后面的两章，我觉得就是作者忍不住要说了："他终于成为一个无产者"。我们看张伯驹,他年轻的时候是有从政的心愿的,到了他三十岁的时候,彻底离开政界,作者其实总是让我们去想,为什么这样一个青年才俊有志于家国,要做一些事业的,在他黄金的岁月里离开了政界,那又为什么到后来积累了这么多文物,哪怕是被绑架生命受到威胁,哪怕是三次诉讼,完全没有钱,也要应付过来,都没有将文物卖掉,但到了五十年代后期,他终于都完完全全捐给了国家。我们就可以想一想这后面的背景,人的一种无奈,甚至张伯驹这样一个翩翩公子,他到了五十年代的时候,后面到了吉林,再后来回到北京的时候没有着落,那样一种身世,我觉得作者写到最后他也已经忍不住了,后面的两章让人看得特别激动。前面有专家发言说到这个书名的影响,我觉得不必担心,即使面对流行的阅读情况,完全降得住年轻读者,作品有扎实的材料,也有非常深沉的吐槽。

李晓东：《钩沉》书中写道："历来的文化人时刻幻想着一种清风朗月、高人雅士的情景,但这世间总有纷扰烦浊的事情让人无从躲避。"我认为这句话,应该就是这本书的宗旨。我在以前看到的张伯驹与潘素的故事,感觉这对夫妇人格、文格、品德、情操是非常高尚的,在各种刊物上看到的介绍,更多是了解了他的文物书画的收藏,而对他的家世、身世方面知道的非常之少,《钩沉》这本书确实是全面、准确地还原了一个真实的、深刻的张伯驹。我觉得这与寓真先生的工作有很大的关系,他的这种思维方式可能和纯粹的做文化的人不一样, 文人一般都是有一种很浪漫的思维,想一些事情都会从那种浪漫的角度去考虑,比如说会觉得张伯驹是一名翩翩佳公子,从寓真的书中才发现他有大爷脾气,但又非常经济的一个人,做过实业,还在军界待过,与很多近现代历史人物有交往,这本书的价值就是还原了一个真实的张伯驹。我们以前对张伯驹的认识和研究,许多是虚浮的、神仙化的,而这本书里看到了为俗事所烦恼的张伯驹,这是一种还原式的研究。"钩沉"一词用得非常好、一方面是钩身世、是钩史料,另一方面也是钩当前的虚华的研究之"沉"。此外说到上海,人们总觉得三十年代的上海如何风光,而如今已经风光不再,而这本书里还原了一个真实的三十年代的上海,一个流氓遍地、妄为横行的上海,一个真实的还原,可使空幻破灭。这是还原本像的一本书,其价值首先表现在他的真诚。但我感觉书中有些议论,与本书宗旨稍显脱离,显得有些"松",还可以写得更紧一些。

舒晋瑜:《钩沉》这本书是寓真先生一次本色的写作,是他在特定的时机认识张伯驹,又是在合适的时机写出了张伯驹。他在法官的位置上,又要执行法官的天职,又受着法外的一些干预和要挟,这是忍辱负重,这个时候因为对张伯驹诗词的喜好,引起了他对张伯驹身世的兴趣,曾有人形容张伯驹"其人无俗容,无俗礼,讷讷如不能言,他的一切皆出于自然真率",我觉得寓真先生恰恰也是这样一个人,他给我的感觉就是不怒自威、不动声色,他是一个不动声色的人,他的叙述也是一种不动声色的叙述。他的这种独特的身份为他提供了丰富的资源,但是如何运用这种庞杂的史料不至堆砌,我觉得他是下了功夫的,所有原始资料的引用都是最有力量的,他善于调度,使整本书就显得有一种气势。透过寓真的写作,使得张伯驹的精神世界得以被观照,同时我们也由此看到了寓真的精神世界,他写张伯驹其实是写出自己内心深处真实强烈的愿望,那是对传统文化艺术,对一切濒临衰退的传统文化艺术的抢救和抗争。这几年跨领域跨行业写作的现象非常的多,也非常的突出,无论是高层还是低层,我觉得寓真不仅是跨行业跨领域,而且是找到了自己的位置,寓真写张伯驹就好像张伯驹演诸葛亮,就是一次本色的演出。

李顺通: 寓真不论是写聂绀弩也好, 还是写张伯驹也好,都有一个独到的眼光,有一种悲悯的情怀。所谓独到的眼光,就是有诗人的敏锐的眼光,才能发现史料,发现人物的亮点;还有一个法官的眼光,冷静地用事实来说话,钩沉史料,道出真情。我说寓真有悲悯的情怀, 因为我通篇看下来是感到非常压抑的,"钩沉"是把被历史遗忘的东西翻腾出来,"身世"中很多是人生不幸的遭遇。我觉得这部书给我们一个反思, 应该如何对待学人,像张伯驹的文物收藏可以说是富可敌国,尤其是《平复帖》真迹能保存下来非常不易,这个分量就是无价的,本来富可敌国,奈何却到了无立锥之地的窘境,这应该是我们民族的一个反思,怎么样对待我们优秀的传统文化, 我觉得这部书塑造了一个有声有色的中国传统文化的伟大守护者。现在我们都在讲我们这样一个中华传统文化生生不息的土壤,我想这部书对于传承我们优秀的文化,光大我们传统文化,有非常大的启迪意义。

王稼句、韦泱等与会专家也先后发言,一致认为寓真以一个文化人的责任感,写出了一个文化前贤的高尚品格,这对于传承和弘扬传统文化精神,无疑具有现实的意义。大家在研讨中也指出了该书的不足之处。寓真先生最后发言,对各位专家的批评指导表示由衷的感谢,他有感于大家的评论,并回思自己的写作,十分感慨地引用了汤显祖《牡丹亭》中的两句诗说:"三分春色描来易,一段伤心画出难。"

附注:2013年11月《张伯驹身世钩沉》研讨会由三晋出版社、山西省作家协会在太原组织召开。《黄河》杂志2014年第1期以《精神与风骨的深度挖掘》为题刊发以上发言。

醇儒家学　散淡人生

——《张伯驹身世钩沉》

刘　淳

继《聂绀弩刑事档案》、《六十年史诗笔记》之后,作家寓真的又一部纪实文学《张伯驹身世钩沉》,近日由三晋出版社出版。

"醇儒家学,书生本色,风流名士,散淡人生",是寓真对张伯驹其人的概括。中国传统文化的教养,深凝在张伯驹的血液中,因而他才能在词学、戏曲、书画、文物研究等诸多领域卓有建树。

经过多方搜集钩稽,寓真获得了张伯驹许多鲜为人知的身世资料。《张伯驹身世钩沉》中不仅对张伯驹的家世,以及他本人的人生经历、思想变迁作了叙述和剖析,而且将具体人物置于历史大背景下,沧桑国史,纷纭家事,引人回首,触人感怀。全书旨在解读历史人物,阐扬传统文化,所涉及内容并不只是文物收藏鉴赏,也不只是诗词、戏曲、文学,会引发爱好传统文化的读者多方面的思考和感悟。

关于张伯驹事迹的书籍和报刊文章,屡见不鲜。本书则另辟蹊径,摈弃了理想化、政治化、故事化的描述,而是通过大量引用原始资料,力求告诉人们一个真实的张伯驹和一段真实的历史,让读者去领悟通过一个人物所体现的那种历史文化的意义。

《光明日报》 2013 年 8 月 21 日

《张伯驹身世钩沉》：一个人和他的时代

葛慧敏

他是民国的"四大公子"之一，民间关于他传奇身世、离奇生活经历的传说一直不断，但是透过这些传说人们很难了解到他的真实内心世界，寓真新书《张伯驹身世钩沉》的面世，为许多读者了解一个真实的张伯驹打开了一扇窗。11 月 23 日，《张伯驹身世钩沉》研讨会在省城太原举行，省内外许多名家齐聚一堂，对这本满含诚意的新书发表了自己的读后感。

所谓"钩沉"必然由历史事实与文学表达方式组合而成。在这本新书中，法官出身的作者寓真通过对大量史料的研究与呈现，将一个真实的张伯驹展现在读者眼前。比如曲折离奇的张伯驹被绑事件、令人痛心的家事纠缠、感人的捐献文物经过……通过一个个具体而真实但又鲜为人知的历史事件，有心的读者很容易拼凑出一个鲜活的张伯驹。而这，也正是作者寓真的写作目的之一。

　　当然,通过性格呈现,寓真真正希望读者了解的,是张伯驹这个传奇人物的内心世界,他在这本书的"文外前言"中写道:"如果我们只是复述张伯驹先生那些利国的好事,似乎并无必要;然而,当我们透过行为现象,观照一个人的精神世界的时候,却会是别有意趣的。"

　　这种写作观点也得到了很多专家及读者的认可,在当天的研讨会现场,著名评论家、《文艺报》主编阎晶明认为现有的民国史研究容易形成堆砌材料的现象,而寓真之前的《聂绀弩刑事档案》与这次的《张伯驹身世钩沉》在风格上形成了史料充实、叙述客观的统一性,兼具可读性与可信度,显然,这既是作者的出发点也是归宿,对帮助读者认识中国现当代文化潮流及历史脉络有启发意义。

　　文学评论家李建军则透过不动声色的文字叙述,读出了作者寓真的忧患意识。他认为作者笔下那个有法有天有规矩的世界,有利于读者做出古今对比,进而试图追索传统文化中遗失的气节与道德风范,对于世道人心的匡扶无疑有积极意义。

　　对于如潮的好评,作者寓真只是谦虚地说一句:"感谢所有认真读过这本书的人给出的宝贵意见,张伯驹在文化史上有典型意义,通过这样一个典型的人物写出一段历史很难。"文章千古事,得失寸心知。"相信今后会有人写得更成功。

《三晋都市报》 2013 年 11 月 27 日

张伯驹情操人格　扎根寓真新作

《中华读书报》记者　舒晋瑜

"醇儒家学,书生本色,风流名士,散淡人生。"这是寓真对张伯驹一生的概括。山西作家寓真新作《张伯驹身世钩沉》日前在文学期刊《黄河》全文刊发,并将于近期出版单行本(三晋出版社)。

山西省作协主席杜学文认为,《张伯驹身世钩沉》首先倡导了一种精神和价值观,这种文化品格和民族价值观需要我们传承、弘扬。另外,作品中的很多内容,是其他关于张伯驹的史料中没有的,所以这部作品也可以当作历史读物研读。评论家胡平认为,"这部传记并非把张伯驹从头到尾写一遍,而是着重写作者所发现的张伯驹。对一些模糊的说法,寓真加以澄清、钩沉和辩解,写出了传主的情操和人格。"评论家刘绪源认为,相对于寓真的《聂绀弩刑事档案》,这部新作更善于调度材料,显得大气生动。评论家阎晶明认为,寓真对于传主的研究是敲碎了坚硬的固有硬壳,还原了人物的鲜活。这是他新的崛起,可喜可贺。

张伯驹生于官宦世家,与张学良、溥侗、袁克文一起被称为"民国四公子",集收藏鉴赏家、书画家、诗词学家、京剧艺术研究家于一身。

《中华读书报》 2013年12月2日

钩沉辨伪　为醇儒立传

——访《张伯驹身世钩沉》作者寓真

《文汇读书周报》记者　蒋楚婷

　　提起张伯驹，人们首先想到的是：大收藏家，捐献了众多极品文物，最著名的就是晋陆机的《平服帖》，其次便是他与潘素才子佳人的浪漫爱情故事。但这本《张伯驹身世钩沉》(三晋出版社出版)却是一本沉静的书，不煽情，不编故事，也不放噱头，以确凿的史料，冷冽的笔调，钩沉辨伪，为醇儒立传。

　　作者寓真，本名李玉臻，曾任山西省高院院长、人大常委会副主任，但骨子里却是一个有着士大夫情结的文人，他自诩首先是诗人，而后是学人，再是法官。文人的气质使他与那些传主惺惺相惜，而数十年法官的工作经历和业务训练，使他对那些容易为人忽视的档案资料异常敏感，且有着爬梳整理的耐心和毅力，于是才有了《聂绀弩刑事档案》和《张伯驹身世钩沉》两本与一般意义上的传记迥异的书。

寓真写笔下的人物喜欢以古诗做引，将传主与古诗作者做比较，写《聂绀弩刑事档案》如是，写《张伯驹身世钩沉》亦如是。引出聂绀弩的是杜甫的名句："庾信平生最萧瑟，暮年诗赋动江关。"寓真将聂绀弩与南北朝时期的大诗人庾信做比较，认为其一生比庾信更萧瑟。而引出张伯驹的则是李白的名句："天生我材必有用，千金散尽还复来。"寓真认为张伯驹有着"千金散尽还复来"的豪气，传承了李白的豪逸洒脱。他还提到张伯驹所收藏捐献的极品文物中有一件便是李白的书法《上阳台帖》，两人冥冥中颇有渊源，虽所处之世相差逾千年，却都"是真名士自风流"。

这样的写法大约与他酷爱诗词有关。寓真说他中学时曾有幸师从陈寅恪先生的侄子陈封雄先生，打下了坚实的古典文学基础，也埋下了热爱传统诗词的种子。虽然后来蒙陈先生指点，没有选择中文而是从事了别的职业，但这种子却生根发芽，持续生长，终于枝繁叶茂。因为热爱诗词，他曾以一己之力编著了近二十万字的《六十年史诗笔记》，以四百多首诗词反映了自 1949 年至 2009 年六十年的时代风云；因为热爱诗词，他对聂绀弩情有独钟，并利用工作之便，查询档案，以独特的视角为其立传；也因为热爱诗词，他对张伯驹景仰有加。寓真回忆，他是在一个朋友的家里偶然看到了一卷张伯驹手写的词稿，立即被吸引被震撼。喜好读诗也喜好作诗的寓真一直以当代人所作诗词多词语生硬、意味贫乏为憾,却在张伯驹的词中读出了古人的遗韵,心生仰慕,从此便处处留意其生平事迹及有关他的著述评介。但市面上有关张伯驹的传记大多哗众取宠,纯粹是为了迎合读者的猎奇心理,遮蔽了张伯驹的真实人生命运,失望之余,寓真决定重新为张伯驹立传。

史料仍是这本传记的亮点,寓真在整理聂绀弩档案时,也接触到了一些张伯驹的档案。为了写这本书,他又北上故宫博物院,南下南京第二历史档案馆,并辗转天津、西安、上海,以及张伯驹的老家河南项城等地搜集资料。这些尘封已久的史料穿插于书中,连缀起了张伯驹的一生。从中,我们可以看到张伯驹缘何弃功名而转文艺,他被绑架后营救过程中的世态炎凉,新中国成立后他的思想脉络,他捐献文物的心路历程……一封封书信、一张张字据、一页页文件,白纸黑字,真实而厚重。

但这本书不是史料的堆砌,寓真在这些史料中贯注了自己的悲悯情怀和忧患意识,从而使这些史料具有了生命力,变得鲜活。常年的司法工作经历决定了寓真冷静自持的性格,但内在的诗人气质又让他变得敏锐善感,于是,写作成了他情绪宣泄的出口。在铺陈史实的同时,寓真常常联系自己在现实生活中的感悟,发一些议论。比如,他在翻阅研究聂绀弩的刑事档案后,对什么是真正的诗人、真正的文化人发了一通感慨;在说到张伯驹捐献文物时,他会结合自己审理的两桩文物捐献纠纷案进行一番分析;在陈述张伯驹离婚及分家产案时,又谈了自己对法律的认识。史实、资料、议论的有机编排,也使这本书体现出了高雅的文学性。

如今的寓真,不受职位所累,不以写作为生,纯粹是为了兴趣而创作,也因此有了更多的自由。接下来,他又将目光转向了郁达夫之兄郁华,这个有着深厚文学造诣的大法官的人生经历,让寓真心有戚戚。也许,他也是写郁华的最合适的人选。期待着寓真的"传记三部曲"能够圆满。

《文汇读书周报》 2013 年 11 月 30 日

写张伯驹不是为了编故事

《南方都市报》记者　赵大伟

1942 年生,1966 年毕业于北京政法学院。研习法律之余,涉猎金石文字,尤好诗词文学,自谓第一是诗人,第二是学人,第三是法官。作品有《聂绀弩刑事档案》《六十年史诗笔记》《体味写诗》等多部。

寓真本名李玉臻,上世纪 80 年代,他就开始用笔名"寓真"发表诗歌作品。他长期从事司法工作,曾任山西省最高人民法院院长,现已退休。

寓真的所有作品都从诗词出发,他说自己喜欢聂绀弩的诗歌,"被那一脉诗魂感人肺腑"。他从聂绀弩的档案中,以事实为依据,系统揭示聂绀弩冤案的真相,汇成《聂绀弩刑事档案》一书。"我在他的刑事档案卷中辗转了几年,听了他许多剖心析胆的坦言,才算是对他熟悉化了。读懂了他这个人,才能读懂他的诗,也才懂得了他作为一个真正的诗人,与这人世间其他的人有何不同之处。"

　　《张伯驹身世钩沉》也是从诗词出发。从为张伯驹的父亲"正名"，到重新解释"张伯驹捐献书画"，寓真不是想为张伯驹作传，而只是"透过行为现象，观照一个人的精神世界"，他发现流行书刊中对张伯驹有诸多不准确的描述，觉得需要"钩沉历史，道出真情"。

　　近日，在山西太原举行了《张伯驹身世钩沉》一书的研讨会，会上他简短发言："我这本书自认为写的不是很成功，正所谓'文章千古事，得失寸心知'"。研讨会之前，寓真接受了南都记者的采访。他告诉记者，一直感兴趣的题材是"郁华大法官"。郁华是郁达夫的哥哥，对郁达夫影响也很大："郁达夫的知名度更大，但是，是郁华把郁达夫带去了日本。郁达夫接受新事物比郁华快，但是从传统文化的角度，他比郁华差多了。郁华是被特务暗杀的，是爱国人士，但知名度远不如郁达夫，这是我有一点不服的地方：为什么我们做法律的人要比做文学的人低啊？"

　　但是寓真说他老了，写不动了，写这样的作品太难了。他现在准备出的书，是他在当法官期间写的关于法律的文章，表达对法制建设的见解，另外也有关于他的收藏的内容，写起来比较轻松。"不像这种书这么费劲"，他指着《张伯驹身世钩沉》说。

张伯驹站在什么角度看父亲和家庭问题？

　　南都：《张伯驹身世钩沉》前言里写道，你最初读到张伯驹的一本诗词是在朋友的家里，具体内容是什么？

寓真： 那是上世纪90年代的时候，我去北京。花鸟画家王雪涛的儿子王珑跟我熟悉，他是研究美术史论的，我陪他考察过山西的天龙山等古迹，可惜后来他有了间歇性的精神病，就得住院，他的夫人温瑛基本就跟他分居。当时我去的时候，王珑家里有很多王雪涛的画作，还有很多手抄本，张伯驹的诗抄本就是真迹。我看了特别喜欢，可以读出很多古人的遗韵。如果当时我要拿的话，他也会给我，但我没有拿。现在他家的东西都不知道给谁拿走了。

南都： 1990年代你还在法院任职，就开始热衷收集材料了？

寓真： 对，那是法院最艰难的时候，压力太大，你要摆脱不出来的话就觉得心情很不愉快。这时我就去逛古董市场了。直到现在我基本上礼拜天都去，跑了这么多年收藏挺有意思的，收到一些民国时期好版本的书，像鲁迅、巴金他们早年的版本，还收集了一套1936年的初版《新文学选集》，全套收录了20位名家。

南都： 法院的工作经历给你的研究提供了帮助么？

寓真： 在法院时，北京曾搞过一个建院周年纪念展，展出了法院档案馆的资料，里面就有张伯驹20世纪五十年代自己手写的"自述材料"，写得非常好。后来我就把全部档案调出来看，这些档案都是关于他离婚和家庭事务的，不是保密的。我本来想写小文章，把他这个自述材料介绍一下，结果放着也没有精力写,耽搁了几年。后来又翻出来了,我对他的诗词早有研究,所以我想还是增加一些历史资料,把它写得宽一点。

南都: 之前关于张伯驹的研究也不少吧?

寓真: 我开始研究之后,也很注意报纸杂志上对他的一些资料介绍,还有之前几本书,包括东北一位女士写的《一代名士张伯驹》,我觉得他们都在编故事,迎合读者;还有,他们对张伯驹挖掘得不是很深,把他为国家捐献文物政治化了,好像张伯驹是个多么爱国的人士。我觉得从他的词里头看,他对时局的观察和个人的感触,不是那么回事。后来我把资料进一步收集就开始研究。

南都: 全书用前三章的篇幅来写张伯驹的父亲,为什么?

寓真: 材料收集了,我就注意到正式出版的中国近代史里,对张伯驹父亲张镇芳的介绍很不符合事实,很多是概念化的,或是从阶级斗争这种观念出发的。原因有三个:第一因为他是清末封建时代的官僚;第二他跟袁世凯是亲戚,又是袁世凯重用的人物;第三点,他参加了张勋复辟。从我们传统的政治观点看,张镇芳绝对是个反动人物,但是从张伯驹文章里头看,他对父亲特别爱戴和尊重,而且在《续洪宪纪事诗补注》里,张伯驹写了文章等于是为他父亲辩解,这个关系要理清楚。如果说张镇芳是个历史反动人物,那么张伯驹是站在一个什么角度上来看待父亲和家庭问题? 我一直想把它搞清楚。

过去很多写张伯驹的书,都回避他父亲这一点,组织专家写的中国近代史都把张镇芳写得很糟糕，而我不能回避，因为张伯驹的整个思想形成、爱好和修养等方面，和父亲有很大的关系。张镇芳其实纯粹是传统的孔孟思想，所以我就在书里用很大的篇幅来写这部分。

张伯驹为何弃政从文？

南都： 资料搜集上有哪些困难？

寓真： 上海博物馆、南京第二历史档案馆、故宫博物院我都去了。故宫的资料不多，南京的多一些，张镇芳的资料都在那。去南京的时候，馆长很热情，有一些档案还没整理出来，但我谈了意图之后，馆长亲自给调了一批资料。南京第二历史档案馆比较谨慎，一般不提供很多资料，一些资料要给你盖一个章，表示不得向外引用。我回来斟酌了，有些尊重他们的意见就不引用，有一些我觉得不妨碍大局，就用了。我也去了天津和西安，最后还去了他老家河南项城，结果没有发现什么材料，都没保存。因为根据张伯驹的回忆，他家里是大地主，有 3000 亩土地，但项城县史志办的同志都不了解情况。后来我还联系了张恩岭，他是张伯驹的本家，他写的《张伯驹传》最近也在花城出版社重新出版了，但是我也没有从他那拿到新的材料。他的书是想表述自己观点，不赞成以前对张伯驹的说法。

南都： 写《聂绀弩刑事档案》的时候，你开篇就把聂绀弩和杜甫诗中的"庾信"类比,而《张伯驹身世钩沉》开篇,你就把张伯驹和李白类比,这都源自你对诗词的热爱?

寓真: 我中学是在长治二中读的,百年老校。"反右"以后,一批北京等地的文化人都下放到学校当教师。语文室的教研主任是陶訏,精通古汉语。教我高中三年的语文老师叫陈封雄,他的祖父是陈三立,父亲陈衡恪,他的叔父就是学贯中西的陈寅恪,在我们心目中树立起让人肃然瞻仰的形象。有一次陈封雄老师从北京回来,把他在西单旧书店买的一本《论衡》送给我,当时是看不懂的,但是对学习文言文是有帮助的。

中学时我就开始写旧体诗。一直没有间断,现在有两千多首古诗词作品,另外,我一生从事政法工作,在法院感受很多,比如在《张伯驹身世钩沉》第十四章《终于成了无产者》中,我也援引了我所亲身经历的文物捐赠的纠纷案件,两起案件让我对张伯驹捐献古代书画的事迹产生了疑虑。

其实我不是文学家,也不是传记作家,并不是意图写张伯驹或是聂绀弩的传记,我真实的想法就是想借助研究他们,来表达一些自己这么多年生活和工作上的感受,还有读书中的感悟。我也没有想到出版社、读者喜欢与否,我只考虑如何表达我自己。我的人生经历并不顺利,是个吃苦的人,所以回顾起来感慨很多,《张伯驹身世钩沉》也是表达自己的思想。

南都: 除了张伯驹的自述材料和他父亲的"正名"之外,还有新发现的哪些材料?

寓真： 另外一点是解释了张伯驹为什么成为一个文物、书法爱好者。其实他开始不是。他读书时是有政治抱负的，在军队上任过职，为什么转向？就是因为他父亲参与了张勋复辟，政治上的失败，让张伯驹彻底看清了这条路的风险，然后他才从政治上退出来，转到文学艺术上。

借说他父子关系的历史，我觉得有必要也把中国近代史上的法律也强调一下。我是学法律出身的，所以非常侧面地写这一段历史。我们的法制史没有说清楚民国前期的法治状况总体还是一种前进趋向的状态。张镇芳因为复辟受到刑事处罚，但这不是段芝贵、吴鼎昌等人可以左右的，检察长可以对判决产生影响，但是判决权在大理院，推事的独立审判权是受到法律保障的。我在法院工作多年，司法不公正的现象是大量存在的，老百姓对法院非常不信任，打官司没有不走关系的，只要我们真正设定了司法独立，建设现代的法官和法院制度，它就不存在这样的不公。这些其实都是我个人工作的感悟。

给张伯驹捐献文物"正名"

南都： 对张伯驹捐献文物是爱国行为这段"历史佳话"，你也做了"正名"。

寓真： 对。1952年，在郑振铎的商谈下，张伯驹将《游春图》捐给故宫，然后，他通过统战部将李白的《上阳台帖》赠送给毛泽东,还有八件珍贵的古代书画捐献给了文化部。这是出于几方面的原因:一个是中华人民共和国成立,知识分子追求进步,他为了表达这种心情;第二个,确实是文化部找他要了,要充实故宫博物院;第三个就是为第一个五年计划买公债,这是爱国行为,大家都认为张伯驹有钱,实际上他拿不出现金来,他就回去和潘素商量,只能把书画拿出来,买公债了。

按照张伯驹自述,他收集字画"宗旨是为保存研究国家的文物","研究工作终了,将来是贡献于国家的"。这是他的真实意图也是最终目的,但是他的研究工作何时终了了呢? 他捐献的时间,似乎比他所说的"将来"大为提前了。"自愿"是无可怀疑的,但那是在"我国特定的历史环境下",如果他不主动捐献,就可能会按照"党对民族资产阶级若干政策",判决"国家收购"。

按照张伯驹的意图,他捐献全部文物的时候,应该是他研究成果发表的时候,而且应该有一个捐献的仪式吧?做一个展览或是公告? 在新闻上有所表示? 这些都没有做到。他的捐献等于是最终心愿,但不是他当时的心愿。

南都: 哪些材料是舍弃的?

寓真: 比如当时他在吉林写过一份检查,非常长,这个材料在吉林的一个教授那里,章诒和曾写文章透露了一点内容。"文革"中的检查跟二十世纪五十年代的"自述材料"不是一回事,可想而知。1950年代进入新社会,张伯驹会有新奇的思想,知识分子从内心想走进新社会,他说自己有罪恶,有一种真诚在里面,但"文化大革命"时就是应付政治形势了,并不是真心话。这个材料跟我这本书的思路也不一样。我书中的结尾是京剧,张伯驹对京剧的痴迷超过了诗词,特别能反映他对中国传统文化那种从骨子里的爱好。

南都: 对张伯驹诗词的喜爱会影响你的写作么?关于历史的钩沉还是需要很理性的判断,是吗?

寓真: 我觉得我不善于从理性方面挖掘历史人物,我也没有刻意来对哪个人做出整体的评价,只不过是通过这些历史材料来呈现,我这本书不是历史著作。我更愿意选一些细节来说明一个人的品格。

南都: 写张伯驹跟写聂绀弩有什么可以类比的地方?

寓真: 两本书贯穿的东西都是"文化"。他俩所处的时代不同,张伯驹我着重是写民国时期的事情,而聂绀弩主要是1949年以后的事情。他们的经历也有所不同,但完整看下来,两个人一个共同的东西就是中国传统文化。诗词、京剧、书画都是中国传统文化里的精粹,这些都集中在张伯驹身上。

《南方都市报》 2013 年 12 月 8 日

寓真：我为何要钩沉张伯驹

《山西晚报》记者　谢　燕　南丽江

　　大凡是中国人，都会背一两首李白的诗，但见过李白书法真迹的人就凤毛麟角了。1952年，有人就将这样的一件稀世珍宝献给了毛泽东：李白的《上阳台帖》，白麻纸本，草书，五行二十五字，现存故宫博物院。这个献宝人，就是张伯驹。

　　当年所谓的"民国四公子"，有袁世凯的公子袁克文，有张作霖的公子张学良，张伯驹也位列其中。关于他的传奇身世与富可敌国的收藏，一直有很多版本流传于世。最近，寓真出了一本《张伯驹身世钩沉》，引发学界关注。寓真书中再现了张伯驹及周围大小人物的形象，让人对中国近现代史的文化和政治有了更深的了解。《文艺报》主编阎晶明感叹：近年对民国史的研究，对材料有过度、个人主观化的使用，寓真在这个复杂的历史领域中，敲碎了很多艰难的壳，用不动声色的手法把人物真实呈现出来，透出一种研究终结者的力量。"不动声色"，显露出寓真的职业烙印。这位原山西省高院的院长，写作时文字冷峻，用词用典严谨

45

可信,颇具法官精神。这一点不独此书,在他引发海内外关注的《聂绀弩刑事档案》中已鲜明凸现。

张伯驹为什么会成为张伯驹

山西晚报(以下称晚报): 349 页! 我就想您在写这书的时候,得查多少资料啊? 除了档案,还有民国史啊,文化史啊,包括法制史。

寓真: 平时也知道一些东西,学过法制史,主要是查档案费点劲,书后面附的那些资料都是从档案馆复印出来的。

晚报: 都去过哪些档案馆啊?

寓真: 一部分材料是来自法院的档案,这对我来说比较容易看到。另一部分是国家档案馆的材料,第一档案馆在北京,第二档案馆在南京,民国的史料都在南京。此外我还去了西安、上海,还有张伯驹故里河南项城。有的档案馆管理非常好,基本都电脑化了,你只要查到目录,就能给你调出来,交点工本费就可以复印。但有的档案馆,很多档案都没有整理,查阅比较困难,而且没有整理的档案一般不让看,不让复印,要费一些周折。

晚报: 那是从哪年开始来做这个事情的呢?

寓真: 在《聂绀弩刑事档案》那本书中,已经说过我查阅档案的缘起,也是在查聂绀弩档案的时候,偶然发现了一些张伯驹的材料,我觉得很珍贵,就留存下来。退休以后,有时间了,把这个材料拿出来琢磨,觉得还可以扩展,把它丰富一下,就又去搜集。陆陆续续三四年时间吧,材料越找越多,就成了一本书了。因为我也到古稀年龄了,对人生的感想是很多的,就想借这个题目把自己的一些想法写进去。

晚报:　浇自己心中的块垒?

寓真:　有些议论,或是读书心得,或是工作和生活的感悟,也许有些读者不爱看这些东西。因为写张伯驹的书现在已经很多了,但大都是在讲故事。

晚报:　而且好多都是从猎奇的角度去讲的。

寓真:　所以我觉得那种讲故事过于流俗,也讲得很不全面。比如讲张伯驹是一个收藏大家,为国家做了多少贡献,从爱国的方面加以赞扬,而没有说出他为什么会成为这样一个人。实际上从他的出身来讲,原来他父亲送他上的是军事学校,他本人也确实在军队上担任过职务,应该说他也是有过政治抱负的,为什么后来会变成一个纯粹的文化人,会纯粹地走到艺术道路上?这个转折过程要说清楚。我必须从他的家庭背景写起,从他的父亲写起,从他的身世写起,这样才能说清楚这个问题。

晚报:　所以开篇讲的是他的父亲张镇芳。

寓真:　他这个家庭传统教育,那是很严格的,传统思想文化是渗透到了他血液里的东西。他后来之所以完全从军政界退出,是因为他父亲在政界的失败。因为支持张勋复辟失败,他父亲差点被判了死刑,从此以后,他彻底在政治上失望了,而且由此对社会,对世事有了很多的感悟,这样就完全退出军政界,彻底转向文化。

三分春色描来易,一段伤心画出难

晚报: 书里面还有好多其他相关内容,比如我看到对盐业银行的介绍。当初像大德通这样的晋商票号,等于把整个官办钱财业务都包揽下来,但是形势变化有了很多的问题,在这个背景下,张镇芳就想要开办盐业银行。

寓真: 张镇芳很有眼光的,盐业银行是中国北方第一家商业银行。从力争开滦煤矿中外合资,到盐业银行,可以看出他接受近代经济理念的影响。但他做官为人,又处处表现出是一个非常传统的儒士。为什么前面花了那么多篇幅写他,因为在中国近代史里面,张镇芳这个人物被贬得很厉害,基本上被说成是一个投机政客,反动人物。其实这个人是科举出身,他和袁世凯是亲戚关系,袁世凯非常重用他,但他思想和袁世凯不完全一样,袁世凯称帝他是反对的。张镇芳完全是出于忠清思想,有着很传统的忠孝节义观念。

晚报: 他对张伯驹的影响是非常大的。

寓真: 是的,而且张伯驹对他父亲非常尊重,所有的政治观点和他父亲都是一致的。写张伯驹传的有好几本书,没有人触及他的家庭,就是因为他的父亲被认为是个反动人物,是个大地主家庭,大官僚家庭,所以等于说从中间写起,好像张伯驹突然跳出来就是个进步人、文化人。我是从张伯驹的根子上写起。

晚报: 这样才能说清楚他为什么会成为这样的人。

寓真: 我是想交代清楚。这一条主线是个传统文化的线,还有另一条线,因为我自己从事了一生的法律工作,所以只要是有插话的可能,我就把我在政法工作中的一些想法,一些感触插进去,有那么一些法治历史的议论。

晚报: 所以写了他的离婚案呀,分家案呀,很详细地叙述张伯驹打官司的事情。

寓真: 实际上,通过这些官司使大家能更了解张伯驹的另一面,知道他还有这么多家庭事务,让这个人物更加丰满。同时通过这些案件,我也适当穿插地介绍一下当年的法治状况。

晚报: 其实你还是有这个普法的潜意识在里面,有你的这种职业特色在里面。

寓真: 也许有一种潜意识,想通过这些案件,让大家了解一下中国法治的历史及相关问题,启发一些思考,对我们司法制度改革、民主政治建设的思考,我主观上是有这个想法。不知道能不能让读者理解,主观上是有一种希望的。

晚报: 写到张伯驹捐献书画的时候,说到你曾接到两个案子,一个是徐继的后人,一个是杨深秀的后人,其实是有部门把人家家传的文物变相"自愿捐献"了。

寓真: 文物捐献案件里确实存在问题。多年来形成的这种政治性的做法,遇到这种问题,法院也往往无能为力。当然这也涉及司法体制问题,我们现行体制还需要改革,所以这次三中全会进一步吹响改革的号角,特别强调法院应该依法独立审判。实际上,司法独立这种观念在民国早期,思想界、法律界就都已经接受了。民国早期的法治是比较开明的,后来因为历史发展的某种原因,我们整个法律体制采取了苏联的体制。这种体制已经不能适应新的形势,其实我们都已经意识到了这个问题。司法体制的改革, 关系到公平和正义的实现, 关系到人民合法权益的保障,无论是理论界,还是司法界,都已经意识到了这个问题。我在法院这么多年,这方面的感触很多,司法体制改革是我们一个极大的期盼,不免在笔下流露出来。好在现在已经迎来了前所未有的改革形势,这是令人鼓舞的事情。

现代法治与吸收传统文化的思考

晚报： 但实际上整个书读下来,不光是在法治方面,包括一些现代史、近代史的一些文化现象都有澄清,像民国四公子的叫法,其实是在世人的嘲弄和贬责声中形成的,现在看却成了风雅。

寓真： 对于民国四公子的解读,主要是体现传统文化这条线, 我写了一句话说"民国四公子还算是传统文化的坚贞守护者"。在其他章节中,有些地方是想把传统文化和法治联系起来,因为大家有一个误解，以为讲司法独立，讲民主法治就是西方文化。

晚报： 为什么说是误解呢？

寓真： 从我的认识来说，我们中国的古代文化里，就具有法治文化，我们古代的法治文化比如清官文化，比如"王子犯法与庶民同罪"的观念，有很丰富的内容。民国早期的法制建设也是一个好的传统。如果走向现代法治的话，我们有我们的历史渊源，有我们的文化根源，我们古代思想家有很多积极的思想，应该从这个路子上来引导我们现在的法治建设，把中国的传统文化和现代的文明结合起来。

晚报： 写的是过去的事情，实际上还是希望为当下服务？

寓真： 作为文学作品还不能等同于理论著作。我最近把我这些年的法学方面的论文整理出来了，也想出本书。有一些文章专门讲法治义化的，从中国古代的法治思想，联系到我们当代的法治文明，从理论上把这种思路理出来。

晚报： 其实一直就有着这种思考，是以不同的形式表述着同样的理念？

寓真： 是，有个编辑部给我提意见，他们说这本写张伯驹的书不能议论太多，那样缺乏可读性，不适合读者看，他们强调书要写得好看，有卖点，要有故事性。我说我不做这个考虑，我不管这个书能不能卖，不管读者喜不喜欢，我只想把一些思想留给世人，我想把我这么多年从事法律工作，对社会和世事的一些感触和体会记述下来。古人说："书不尽言，言不尽意。"张伯驹是现代文化史上一个具有典型意义的人物，通过他的身世把一段文化历史反映出来，又想要表达一些思想，这并非易事，我自知水平有限，只能写成这样一本书。十分感谢贵报采访，希望能听到读者的批评意见。

晚报： 谢谢您接受我们的采访。

《山西晚报》 2013 年 12 月 10 日

《张伯驹身世钩沉》评论

史家的慧眼　文学家的表述

——读寓真《张伯驹身世钩沉》

徐大为

　　近年来,有关"民国四公子"的图书甚多,而记述、描写张伯驹的图书可称目不暇接。然大多描述为张伯驹的生活经历,诸葛亮如生活离奇、收藏书画出手大方,甚至不惜发挥想象,描写其出入青楼歌馆,借以媚俗。能够深刻揭示张伯驹的内心世界、人生境界、精神品格的少矣。有之,则数近期寓真先生所著《张伯驹身世钩沉》。

　　寓真先生此书,延续其《聂绀弩刑事档案》的撰写途径,以披露独生子女家史料见长,侧面重工业于"钩沉"。

　　所谓"钩沉",即稽考史料,探索道理。寓真先生善于此法。其《张伯驹身世钩沉》,特点有三:

"钩沉"之一,搜集独家史料,加以稽考,揭示其身世之谜。

本书前言中,寓真先生开门见山:"对于张伯驹的事迹,广大读者并不陌生。但许多人也许知其然,而不知其所以然。"张伯者的事迹,读者津乐道的,是其坎坷的经历,以及酷爱收藏,并捐献一生所藏,如陆机《平复帖》、李白《上阳台帖》等等。本书所钩沉的重在张伯驹的"身世"。其一,以大量笔墨揭示张伯驹之父张镇芳的生平,诸如1915年创办中国最早的银行之一盐业银行的在张勋复辟中的"反常"表现等等,揭示出张镇芳干练明达的个性,同时,为揭示张伯驹的身世作了导引。

关于张伯驹的身世,寓真先生将读者熟悉的部分几乎全数隐去,重点钩沉其"情曲微璐"的内容。最为豪爽的,当数张伯驹在上海"青楼夺姝",将潘素取归己有;最曲折离奇的,当数张伯驹于沪上被黑社会绑票;最令人痛心的,要数张伯驹家事纠缠不清,屡屡对簿公堂;最感动并感叹的,要数张伯驹所藏文物几乎悉数捐献,"最终成为无产者";最使人伤心落泪的,是张伯驹等"旧文化"之流雅集承泽园。其中种种委曲,多半取自第一手史料。比如张驹与其前妻王韵缃、妹妹张家芬的纠纷,大部分史料取自公堂对簿中的记录,不易得之。

"钩沉"之二,揭示张伯驹文人的特别禀赋、精神、气质。

本书的"文外的前言"说道:"如果我们只是复述张伯驹先生那些利国的好事,似乎并无必要;然而,当我们透过行为现象,观照一个人的精神世界的时候,却会是别有意趣的。"这是作者写作动机的告白。事实上,有关张伯驹的文物收藏及捐赠国家骇其一生的许多显要经历,都在作者的笔下省略了。他只是截取了张伯驹身世的背景,张伯驹的家事纠纷和他坎坷经历的某些片段,作深度的钩沉。当读者看到张伯驹一家复杂的关系及近似腐朽的生活时,便进入了他的精神世界,理解他决绝的几乎要逃离这个家庭的生活态度。作者说:"进入新中国不久,张伯驹五十余岁,已经是古代诗人感慨老病的时候了。他的深沉伤感大概不完全是伤于家事,而家事纠缠确实给他增添了许多烦恼。"最终是"纠纷解决,却恨腰缠输尽"。

1950 年,张伯驹在其居所承泽园与词友结词社,其时正值勤购得展子虔《春游图》不久,得意非常,乃自号"春游主人",名词社为"展春诗社",且填词一阕,名《金缕曲》,即"即题庚寅词集图"。寓真认为,"要了解这一时期伯驹的思想情绪,这首词值得一读。"不久,在他捐出八件珍贵文物后的翌年,却戴上了"右派分子"的帽子。这时,张伯驹已经卖掉承泽园的房产,住进后海南沿 26 号。张伯驹的好友、著名红学家周汝昌先生,多年后回忆张伯驹的"新居",说"那么小的一个院子,竟然也成了"大"杂院。张先生被挤到尽东头的一二间屋里,原有的好一些家具(书案、琴桌、书架……)也一无所有了,不禁令人黯然伤怀。"尽管如此,张伯驹对文物收藏的痴迷、对捐献祖国文物的行动并无悔意。他是真正爱着祖国,爱着祖国的文物。所以作者说:"也许只有真正的文化人,不会被金钱所迷惑,他们甘于淡泊,甘于清贫,苦苦地守护着列祖列宗们遗留下的文化。文化不能当鲍鱼吃,不能当洋酒喝,不能当别墅住,不能当高级轿车坐,文化人不得不守护着,是因为那里有我们民族的灵魂,而这民族的灵魂,是也已经浸润到文化人的灵魂中的。"这正是张伯驹作为文化人的精神品格,是我们当代人应该予以坚守的。

"钩沉"之三,以"多余的跋语"交代写作意图。

作者言:"笔者以为,我们来认识张伯驹的思想品性是怎样形成的,这是基础,后来的事情便如同顺流而下。如果我们不了解他的身世基础,单言后期之事,单看他后期写的那些交代材料,甚至可能会发生某种误解。"张伯驹"既要应对政治的压力,迎合时代的要求,又绝不会失去一个文化人的传统信念和人格自尊"。之后,"词魔情痴,演成昆曲传奇","世态暖寒,感叹曲终人渺",写他与诗人胡苹秋的传奇交往,以及师从余叔岩学戏的经历,继续钩沉了张伯驹作为"旧式"文人的生活历程和情趣,这当然是必要的补充。末尾以"人性文化,精髓薪尽火传",直接进入议论，解读作者对中国传统文化以及中国传统文化人的理解。这对于了解本书的意图及价值，是一把锁钥匙。

寓真先行此书，是下了一番"钩沉"的辛苦的。所谓钩沉，必然有史家的慧眼，文学家的表现手段。这些，作者在写作《聂绀弩刑事档案》时，已然显露；在《张伯驹身世钩沉》里，得到进一步证明。所以，可为此书总结三个特点：

沧桑国史，纷纭家事，张伯驹鲜为人知的身世资料；

解读人物，阐扬文化，《聂绀弩刑事档案》之姊妹篇；

高节深人，醇儒真知，不独涉及文物书画和诗词戏曲。

《太原日报》 2013 年 11 月 25 日

"芸娘"原是男儿身

何 典

互联网兴起后,有一句流传很广的话:谁知道坐在网络另一端的是不是一只狗。话说得夸张了点,不过伪托异性,易弁而钗,博人关注者,屡见不鲜。网络兴起以前,这种现象也是层出不穷,只是流传范围有限,不为人知罢了。偶尔游戏一把,问题还不大;数十年如此,无疑是一种心理变态。寓真在《张伯驹身世钩沉》(三晋出版社,2013 年 8 月)中,介绍了胡苹秋(1907—1983)假托女性,与几位词人往来的传奇故事。

胡苹秋早年从军,在东北军何柱国部任少将参谋,又喜好京剧,常以女儿身出现在舞台上,有的书上说他"积久移情",用现在的话说,就是变"娘"了,所作词中亦多脂粉气,"婉情绮怀,每令人迷惑倾情"。他与吴宓唱和,致使吴"颠倒于胡",及知胡为男子后,又结为至交。1960 年化名"胡芸娘"与山西大学教授罗元贞唱和,罗为之倾心,求与"芸娘"相见,胡遣一妇人携子访罗。其后真相大白,方知妇人系胡侄女。

1963 年秋，张伯驹在某杂志上看到"胡芸娘女史"词作，"惊为才女"，于是给胡写信，自此开始了才子佳人式的诗词酬唱，十余年间，积稿四大册，情意缠绵，"芸娘"对张伯驹说："来世愿为夫子妾"，并寄给张伯驹一张玉照，使张信以为真。

与此同时，"胡芸娘"又以同样方式，与杭州大学周采泉教授唱和，直到周采泉被"文革"专案审查时，这出戏才告大白。张伯驹得知后，写信诘问胡到底是男是女，胡托词说，"乃虎儿变者也。"意思是，是骗你的。张伯驹又写信给周采泉，周竟回信说："尤物移人，至今不悔。"

寓真的书里没有介绍的是，胡苹秋这种"易装"嗜好，青年时期就有，而且是几十年如一日。年未弱冠，他就化名"周淑芬"，"与桐城吴北江之女吴君琇以姊妹相呼并斗诗，名震洛阳，吴垂老时始知真容"，这位姐妹被骗得好苦！与周采泉等周旋时，又以"诗妹""诗姊"身份与女诗人徐翼存、女琴家徐晓英结谊唱和，如此种种，有人说是"故作狡狯，放荡不羁"，其实交给性心理学家作为案例来研究，可能更合适。

《南方周末》 2013 年 11 月 7 日

为传统文化精神"翻案"张目

王春林

　　如果说阿来的《瞻对：两百年康巴传奇》把自己的聚焦点对准了一个特定的地域，那么，寓真的《张伯驹身世钩沉》（载《黄河》2013年第4期）则把自己的着眼点落脚到了张伯驹这个具有一定传奇色彩的历史人物身上。寓真是一位资深法官，工作之余，酷爱文学写作。不仅写作有大量的古体诗与新诗，而且早在几年前就已经涉足于非虚构文学的写作，以一部《聂绀弩刑事档案》而风靡京华，令当时刊载这部作品的那一期《中国作家》杂志一时间洛阳纸贵，一刊难求。这一次，寓真又把自己的关注点转向了历史上被称为"民国四公子"之一的张伯驹。"民国四公子"，其实也有不同的版本说法。最早在上海时的"四公子"，分别是袁世凯的二公子袁克文，张作霖的儿子少帅张学良，张伯驹，再加上浙江总督卢永祥的公子卢小嘉。后来流传到北京的时候，情况就有所变化。前三位之外，卢小嘉变成了别号为"红豆馆主"的清宗室镇国将军溥侗。关键问题，并不在于"四公子"组成者的变

61

化,而在于世人对于"四公子"的看法评价究竟如何。关于这一点,寓真写道:"由于张学良后来的形象改变,以及在流传中以溥侗置换了卢小嘉,'民国四公子'的称谓便发生了由贬义到褒义的变化。""尤其到了今天,我们再说起民国公子,已经不在意当年的洋场烟花的背景,而是视之为一种历史的文化,让人回眸之际,不禁会油然生起景仰的心情。"这里,寓真不仅出示了公众对于"民国四公子"一种评价的变化,更重要的是明确给出了自己对于"民国四公子"所代表着的历史文化的景仰之情。张伯驹是"民国四公子"之一,由寓真之高调肯定"民国四公子"即不难见出,他这部非虚构文学作品的根本写作主旨,就是要为张伯驹以及张伯驹所竭力守护着的中国传统文化"翻案"张目。

为如同聂绀弩、张伯驹这样的历史人物做传,仅仅依靠坊间流播的第二手资料,是远远不够的。假若没有具有说服力的第一手资料的获取,这样一种写作的成功显然无法想象。因此,对于此类历史人物传记的写作者来说,如何才能够获得可靠的第一手资料,是他们首先要考虑的问题。寓真的优势,正突出地体现在这一方面。由于法官职业的缘故,寓真有机会接触到大量一般人无法寓目的案例卷宗。无论是聂绀弩的那些"刑事档案",抑或还是张伯驹若干次诉讼的相关诉讼材料,端赖于此种途径方才得以获取。然而,话又说回来,现实生活中,实际接触过以上相关材料的那些公检法从业人员,其实也并不在少数。但对于其中的绝大多数人来说,这些都不过只是一些案例卷宗而已。只有在遭遇如同寓真这样酷爱文学写作的有心人之后，这些貌似无用的"养在深闺人未识"的案例卷宗，才会被赋予一种特别的生命力，才会被发掘出某种特别的文化价值来。实际上，也并不只是这些案例卷宗的发现与征用，细读寓真的这部《张伯驹身世钩沉》，即不难发现，除了这些案例卷宗之外，寓真也还大量地搜寻查阅了诸如历史当事人的来往信函、张伯驹父亲张镇芳的墓志铭以及张伯驹个人的词集等相关资料。搜寻这些原始资料之艰难，只有那些从事过此项工作的人们方才能够有真切的体会。尤其值得一提的是，寓真在作品中不仅大量引用了张伯驹各个不同阶段的词作，而且结合张伯驹的生平对于这些词作进行了恰切到位的解读。能够做到这一点，在很大程度上得益于寓真自己本就是一位写作经验特别丰富的诗人。

要想为张伯驹及其所代表的中国传统文化精神"翻案"张目，寓真所首先面临的，就是张伯驹的这种精神究竟从何而来的问题。作家之所以要从张伯驹的父亲张镇芳落笔写起，其根本原因也正在于此。需要注意的是，张镇芳并非是张伯驹的生父。张伯驹的生父张锦芳是张镇芳的弟弟，因为张镇芳膝下无儿，所以，张伯驹在六岁时就正式过继给了时任直隶总督的张镇芳为子："自此之后，他称镇芳为父亲，称生父锦芳为叔父，称生母为婶娘。"由于与袁世凯同为河南项城人，而且还有姻亲关系，更因为自身的突出才干，张镇芳遂成为中国近代史上不容忽视的重要人物。若非有这样一个声名显赫的父亲，张伯驹根本就不可能位列"民国四公子"之中。张镇芳不仅官至直隶总督,而且更是中国北方第一家商业银行——盐业银行的开创者。仅凭这一点,张镇芳就在中国近代经济发展史上有着极其重要的地位。但实际的情形却是,"在近代史研究中,对于张镇芳这个人物至今没有引起重视。而且由于某种教条主义的概念,很容易形成对历史人物的误解和偏见。某种概念化、公式化的评骘,只会把张镇芳当作一个反动政客,对于他的政治作为和人品作了贬低和歪曲。"那么,张镇芳何以会被看作反动政客呢?一方面是由于他和袁世凯之间的密切关系,另一方面则是因为他参与了"张勋复辟"闹剧。在惯常的史学观念中,袁世凯与张勋都是臭名昭著的历史人物。与这两位人物联系在一起,张镇芳不被视作反动政客反倒是不正常的事情。这样,对于寓真而言,要想书写张伯驹,首先就必得重新评价张镇芳,为张镇芳辩诬。

关于张镇芳与袁世凯,由于既是同乡,且又有姻亲关系,所以他们之间关系的密切可想而知。但实际的情形却也并非如同流行的历史读物所说,张镇芳乃是因为攀附上了袁世凯的关系方才得以显赫发达。作品中,在不无详尽地回顾展示了张镇芳的官场履历之后,寓真辨析道:"其实我们不应该以现在的风气,去一律套括以前的历史人物。张镇芳在户部深得信任,他并不是主动要去与袁世凯攀亲,而是袁世凯出于自身需要,请求把镇芳要过去的。袁世凯之所以要上奏请调镇芳,不排除有姻亲的因素,但主要的因素是镇芳的才干与声望。如果是一个才干平常、品行不佳、名声不好的人，即使是至亲，袁世凯会要去给他理财吗？朝廷会准许任用吗？"

张镇芳之所以会介入到"张勋复辟"的闹剧之中，一方面的原因固然在于他和张勋私交深厚，但更重要的原因，却显然在于他对于清室的忠诚。时处数千年未有之大变局中，作为清朝旧臣的张镇芳内心深处丝毫都没有过背叛旧主的念头。其实，即使不是张勋，换作了其他任何一个人，在当时只要打出"复清"的旗号来，张镇芳也都会义无反顾地参与其中。你尽可以指责张镇芳的政治观念保守，但却不应该怀疑他的道德人格。惟其如此，寓真才会真切地评价道："张镇芳有着是根深蒂固的'为官心存君国'的儒士思想，他不是那种翻手为云、覆手为雨的投机政客，在人品上无可指摘。""从政治上看，张氏父子倾向于君主立宪，与当时激进的革命派相比，似乎属于思想守旧者，而他们精神上固守的东西，其实是一种传统文化。"只有在进行了以上必要的辩诬工作之后，关于张镇芳这一历史人物，寓真方才得出了令人信服的结论："其实，张镇芳是一个真正的儒士。纵观他一生行藏，显然深受正心诚意、格物致知的儒家思想熏染，在云翻雨覆的政治舞台上，他一直寻求着合乎忠信礼义的道德规范的人生归宿。"至此，张镇芳惯常意义上的"反动政客"的评价定位便可以休矣。

写张镇芳，是为了写张伯驹。关键原因在于，张镇芳的存在，张镇芳的思想精神立场，乃是张伯驹思想得以形成的根本渊源所在。由于从六岁起就长期随侍在父亲身边，父亲的一言一行自然会耳濡目染对张伯驹产生深刻的影响:"伯驹对于张镇芳的一生事业,以及其人格意识和政治态度,都是完全赞成和非常崇敬的。""张伯驹的文化品格的养成,一个重要因素便是得益于家学,及其家族的文化精神的传续。"细察其一生行藏,深受传统文化精神浸润影响的张伯驹,主要文化作为分别体现在填词、唱戏与书画收藏三个方面:"这些都是浸入到血肉里边的东西,既从年轻的时候进入这种境界,一生再也走脱不出来的。即使这些'旧文化'不为新社会所欢迎,他也无法放弃;而新社会需要的那些东西,譬如学习政治理论、唯物辩证法、阶级斗争之类,这与他的思想感情有着很大的距离。"以上三个方面的文化艺术嗜好,正可以被看作是他钟爱中国传统文化的具体表现。在这部非虚构文学作品中,寓真也正是从这样三个方面渐次展开对于张伯驹精神世界的梳理与展示。

首先是倚声填词。举凡诗词,皆能够言志抒情。张伯驹生性酷爱填词,因为他的这种写作行为贯穿了一生,所以,他创作于不同阶段的词作往往可以成为我们解读传主不同时期精神状况的有效途径。比如1960年代离京前往吉林的时候,他曾经填过一首《浣溪沙》:"马前马后判寒暖,一重关似百重关,雪花飞不到长安。　极目寒榆连渤海,回头亭杏望燕山,归心争羡雁先还。"关于这首词,寓真的解读是:"此词前半阕,句句都双关含意。'马前马后',明指远行的路途,暗指他因《马思远》一戏遭难的前前后后。'一重关'明指过山海关,暗指过政治运动关的种种不测,好似'百重关'。'雪花'句明写吉林飞不到北京,暗指自己在京蒙冤而不能昭雪。后半阙眺望榆关,回想京华,为何刚刚离京,就这样归心似箭,羡慕大雁先还呢? 可知他人去心不去,为保护传统文化而遭到打击,心中不服,郁气难平,戴着不白之冤离开北京,他是不甘心的;不让他发扬国粹,他是不甘心的。这种有志不能伸的幽怨情怀,在那个时代的知识分子中,可以说是具有代表性的。凡热衷于研究和阐扬传统文化,被指斥为'厚古薄今',以至上纲为'反动''反革命'者,大都会有这番遭际。"张伯驹词作得好,寓真解词也解得妙。在中国现代性的文学语境中,能够依然坚持倚声填词,本就是一种守护中国传统文化的行为,更何况此作所传达的内在意蕴也与传统文化的守护密切相关,这自然就更能够切中张伯驹的文化精神脉络了。

其次是氍毹戏文。张伯驹是传统京剧的著名票友,曾经师从著名京剧表演艺术家余叔岩先生学戏。其《打渔杀家》备受余叔岩先生好评,成为其"极有根柢之拿手戏"。张伯驹自己不仅是著名的京剧票友, 而且还凭借着自身的影响力竭力推动着京剧事业的发展。正如同前面那首《浣溪沙》已经涉及的,他之所以成为"右派"被打入政治上的另册,就与竭力推动京剧《马思远》的演出有直接关系。因为有"淫毒奸杀"的内容,《马思远》属于文化部明令禁演的二十多部戏曲之一。"但张伯驹偏重于演唱艺术的价值, 反对禁演,他一面组织演员排练,一面致函文化部要求解禁。"日常生活中的张伯驹,总是一副谦和君子的模样,少有如此激烈的时候。针对张伯驹这种异乎寻常的表现,寓真评述道:"为了维护京剧的传统艺术,他直接抗命,执言甚坚。及至面对政治运动的压力,人人自危的情势,仍然见势不趋,将个人的名利和安危置之度外。伯驹此时的表现,似有一种守道不回,甚至舍生取义、宁为玉碎的精神。一个一贯与世无争的人,突然激昂起来,胆大起来,非争不可,这是为何? 这不仅使我们感觉到,他发自心灵深处的强烈动机,不只是为了一个剧目的公演,而是为了一切濒临衰退的传统文化艺术的一种抢救和抗争。这与他在国家慌乱年代倾尽全力抢救流散文物的那种作为,完全是同一种境界。"

而更重要的,却是张伯驹不惜倾尽全部家产的文物保护收藏行为。寓真的这部非虚构文学作品,最具有情节吸引力的,就是关于张伯驹几次与自己的亲友上法庭打官司的故事部分。身为"民国四公子"之一,张伯驹难道真的就那么在乎自己的钱财房产么? 答案自然是否定的。张伯驹之所以几次与自己的亲友因为家产问题而对簿公堂,其根本原因正在于他要把自己有限的钱财投入到具有突出文化保护价值的文物收藏中。尤其值得注意的是,张伯驹的文物收藏,并不是要把这些文物据为己有,而是要在进行相应的研究工作之后,最终把这些价值连城的珍贵文物无偿捐献给国家。按照寓真书中所列出的清单,张伯驹先后给博物馆捐赠的珍贵书画,就达到了 50 件之多。当然,这还仅仅只是一种不完全的统计。一位文化人,宁愿自己倾家荡产一无所有,也要把全部家产投入到文物收藏的事业中去,其中所包含着的,是怎样一种难能可贵的文化精神啊!当年在上海,张伯驹曾经被绑匪绑票索要巨额赎金,被囚禁长达八个月之久。但张伯驹和潘素夫妇却宁肯舍缺身家性命,也不肯将所收藏的古代字画拿出来赎人。由此细节,即可明显见出珍贵文物在张伯驹潘素夫妇心目中地位之重要。准乎此,则张伯驹无论如何都当得起中国传统文化守护神的称号了。

长期以来,由于受到五四文化以及革命文化观念的影响,如同张伯驹这样的文化人,往往会被当作文化界的遗老遗少来加以贬斥。现在看起来,这样的一种理解显然存在着极大的偏颇。世界上不存在绝对的真理,很多事情过去看起来是错误的,现在看起来却有了相当的合理性。对于张伯驹这样一种文化保守主义色彩非常鲜明的文化人,我们无疑应该持有这样的基本姿态。正是从这样的精神立场出发,寓真才会对张伯驹做出迥乎与此前的一种肯定性评价:"所以,我们才更感到张伯驹先生这样的'保守'的文化人是可贵的。张伯驹是一个纯粹的中国文化人,他没有受到'废孔学,先废汉文'的西化思潮的蛊惑,在他身上没有什么'洋味'。"通过以上的分析,我们自然会认同寓真对于张伯驹这位历史人物所作出的最终评价:"我们将张伯驹这个人的一生经历,包括那些细节,具体地想来,他不过是一个平凡的人,并没有什么经天纬地之雄才大略。他之所以让人敬仰,让人怀慕,是由于中国传统文化的魅力,由于那种文化修养的魅力。一个具有深厚的传统文化修养的'深人',他的一切思想行为体现着人性文化的美,这就是他的价值所在。"大雅久不作,风流总被雨打风吹去。在"革命文化"观念长期的制约影响下,一种高贵的文化精神的确已经逝去日久了。在当下这样一个世风日下的物质化时代,寓真之所以要书写张伯驹的文化事迹,从根本上说,正是要为中国传统文化招魂。正因为对于中国传统文化的承传与复兴充满着强烈的自信,所以,作家才会以"中国的传统文化,薪尽火传,不会熄灭的"这样一种不无铿锵的话语来为自己的这部《张伯驹身世钩沉》作结。与此同时,我们也须得注意到,寓真关于张伯驹的非虚构文学写作与晚近一个时期以来中国思想文化界的文化保守主义思潮之间,实际上存在着某种遥相呼应的紧密联系。只要稍加留心,即不难发现,或许是为了有效回应当下时代越来越紧逼的文化"全球化"态势有关,一种旨在传承和复兴中国传统文化的文化保守主义思潮的形成,已然成为重要的文化事实。在这个意义上,寓真对张伯驹文化行藏的艺术展示,对其文化精神实质的挖掘表现,正可以被看作是这种文化保守主义思潮的一个有机组成部分。

《长城》 2013 年 11 期

《张伯驹身世钩沉》引发的再思考

陈飞雪

张伯驹先生诞辰 115 周年，三晋出版社以寓真先生的新著《张伯驹身世钩沉》的出版，引动了人们对张伯驹先生的再追怀、再思考。

张伯驹一生有数次关键的遭遇和命运转折，30 岁随着父亲政治上的失败，彻底放下在军政界作为的企望，开始留意文物收藏；43 岁在上海遭绑架勒索，财力精力元气大伤，幸赖潘素全力解救，之后流寓西安，在后方广泛交游、填词唱戏、创作喷发；1952 年接连遭遇王韵缃起诉离婚、张家芬起诉分产业的官司纠纷，为护住国宝，他宁可卖掉房产满足诉讼要求；最后是从上世纪 50 年代初起，陆续自愿或不得不自愿地捐赠《平复帖》等价值连城的字画给博物馆，彻底成为无产者——这一次次遭遇都是促成张伯驹人格品行塑造的关键点，而每一部分的写作，都可以看出作者必会捉住最源头的关系、最直接的材料才落笔。

三桩家庭官司，也是作者利用档案写出优势的篇章，较之父亲张镇芳,更可读了几分。作者同情张伯驹为应付家庭纠纷,不得不分出大量精力和几乎所有财物的窘境,难得的是他没有仅仅站在传主的立场上单向度地简单处置材料,他辨析诉讼档案中传递出的各种信息——大家庭里被视为生育工具的女性,没有经济来源和活动的自由,张伯驹们并非完全没有责任。作者在这两三章里几乎逐条剖析评判三次起诉、答辩与判决,他告诉读者,就这个案例所见,上世纪50年代的法庭工作,简单却不失人性,张伯驹虽然是名人,也算占理更多的一方,法院仍然考虑了女性的实际生活,而没有获得完胜的张伯驹也完全尊重判决。

在张伯驹与张家芬的分产诉讼章节中,作者还特意写到终审法官韩幽桐,虽然缘起是感佩从年轻时就一直敬仰的当代法学家,但落笔却表达了强大的学术理性与学术理想,他阐发梁启超总结的先民发明的法理,"即我国传统的法文化,其中深含着法治主义之元素";"对于韩幽桐这样的专家来说,法律文化已深入于其心中。即使在无法可依的时期,即使在裁决书不能明确引用法条,而实际上是传统的法治影响在发生着作用""新中国建立初期,法律界尚有这样一批专业人士……经过一场'文化大革命',许多人直觉地感到了法治的重要,但是并没有进而去研究法律文化的意蕴。"这部分精彩多多,作者自言是"一番牢骚语",如此专业而有寄托的牢骚,似不可轻轻放过。同样,由张伯驹上世纪50年代捐献文物的清单谈起,作者专辟一节"文物捐献,特定环境之反思",辅以两桩亲历的案例,反思文物捐献中的法治缺失、国家文博机关征集民间收藏的政策和智慧缺失,此类基于专业的深入思考,对当代中国社会法治与民主建设多有期待和建言,特别值得关注——因为,过去我们只知道张伯驹就等于中国神品文物的守护神,而寓真先生的《张伯驹身世钩沉》,却告诉我们张伯驹还是法的精神逐渐溃败后的一个历史倒影。

《山西日报》 2013 年 12 月 25 日

《张伯驹身世钩沉》展现真实的张伯驹

马斗全

在当代中国知识分子中，张伯驹是非常值得研究的一位。世人只知张伯驹是"民国四公子"之一，是位风流才子、大词人，知道他将价值连城的收藏品捐给国家。而对其一生命运沉浮的具体情况，却知之甚少。对其内心世界，则更是隔膜无知。《张伯驹身世钩沉》一书，终于让读者看到一个真实而完整的张伯驹。

作者寓真与传主有着众多相似或相通之处，同酷爱传统文化，同喜好把玩和收藏古籍、碑帖、书画等，同擅诗词，探究张伯驹自有一般作者难及之处。寓真又是一位法官，职业素养使他尤重证据，并像审案一样要把传主的身世资料、事件的来龙去脉全部弄清楚。为撰此书，他多年来不知查阅了多少档案，搜集了多少信件，细读了多少人的回忆录，真可谓十年磨一剑。其中对张伯驹词的深入研究与透彻体悟，更是令人佩服。如今传记，多为记录与叙述，顶多再加作者的感情与倾向。《钩沉》则重在钩沉、考证与研究，在此基础上深入传主内心，与读者一道，透过现象，细致关照传主的精神世界。

一代风流才子张伯驹，收藏文物时的慷慨大气与大手笔，收藏之富之珍贵，当代中国几无与伦比。这固然出于其爱好，其实更出于热爱这个国家的文人本质。他在20世纪40年代负债七千多美金购买流散东北的文化珍宝，是为保存国家文物，害怕流到国外。他还曾致信主政北平的宋哲元，说被英人购去的某画为重要文物，请当局查询，勿使出境。这同如今许多人的收藏，有着本质的区别。张伯驹除了倚声填词、收藏字画外，不但被绑票，还因离婚案和财产纠纷三次被亲属告上法庭，为还讼债而卖掉了曾为传统文化据点的展春园。真心拥护共产党新政，积极向党靠拢，在捐出了八件国宝级文物不久，张伯驹却被打成"反党反社会主义的右派分子"。家产没了，收藏捐了，他最后成了一个无产文人，真所谓"饱经风雨阴晴之变"。其中坎坷与无奈，颇堪同情。而永远不可改变的，是其文化性格。这所有经过，包括一些细节，书中都有确切的探究与展示。

以张伯驹与潘素的相识相爱经过为例。张伯驹婚姻多不如意，后遇潘素，总算得一知己。《钩沉》不是记录起自风月场的这一男女情事，而从张伯驹为什么特别赞赏秦观《鹊桥仙·纤云弄巧》词说起，再探究潘素的身世与上海烟花场的情况，以及张伯驹因何机缘而结识潘素，是谁为之穿针引线。其间好事多磨，才子佳人之结合，真似传奇故事。又如，有天下第一法帖之称的陆机《平复帖》，世人只知张伯驹将此收藏品捐给了国家，至于当初为何收藏和如何收藏，却不太清楚。那是张伯驹因溥儒手上一名画已流至国外担心《平复帖》也流失，而亟欲购得。他如何有机会购得，到手后又被日本人盯上，为了护宝和避难，如何帖藏衣中离开日寇控制的北平，到西安去谋生，终于为中华民族保住了这一珍宝，最后捐给国家，其曲折与艰难，书中均有详细的描述。张伯驹保护《平复帖》和其他国宝事，感人至深，作者用了"可歌可泣"四字，甚是确当。

除探究与研究、资料丰富可靠外，作者引经据典，谈古论今，时有精到见解，是此书一大特点。探究张伯驹身世，时可见作者情志。不时夹杂的简短论说，皆深思熟虑后所发。例如由张伯驹的性格，联想到李白，而有精彩论述。因潘素与张伯驹几十年风雨与共，故将张伯驹潘素与赵明诚李清照作以比较，作者的目力、识见，不能不令读者叹服。

通过张家的变迁，通过对张氏父子经历与事迹的具体梳理，《钩沉》简直就是从北洋政府到"文革"这一段中国历史的缩影，时事、人生，世道沧桑、人情冷暖，表现得淋漓尽致。张伯驹在各个时期和人生每个重要关口的表现与内心，展露无遗。书中所表现出中国传统文人坚定的人生态度、志节操守和人格，甚是令人敬佩。

张伯驹捐赠文物资料补遗

苏　华

补遗之前，先说一件我写张伯驹文的教训。

1996 年夏，我买了林玫、谢沐（泰国）状写张伯驹先生毁家纾难，收藏绝世名画，将其永存吾土的传记文学《大收藏家》（人民文学出版社，1994 年 4 月），其中许多鲜为人知的详情和细节，正是想一睹为快的。很快看了，但与先前读谢蔚明先生在其所著《岁月的风铃》（天津教育出版社，1993 年 12 月）一书中忆《张伯驹》一文所谈《平复帖》收藏过程和所费银两有出入，再读《大收藏家·后记》及后来所见《收藏》杂志所登一则欲将《大收藏家》搬上银屏的消息，我认为，如果连张伯驹在其收藏生涯中的几件关键藏品及捐献文物之始末，都没有一个服众的说法和基本可信的历史真相，拍出如此一部收藏大家的影视作品，岂不有损传主的大雅？于是对照谢蔚明先生的《张伯驹》一文，草成三篇小文，即《张伯驹与〈平复帖〉》《张伯驹捐献文物》和《张伯驹"玩票"》，分别刊发在《文汇读书周报》《太原晚报》和《文汇报》。

其中《张伯驹与〈平复帖〉》一文,就两者所述张伯驹收藏《平复帖》始末的出入对列出来,以求知情予以一种确切的指教。拙文刊发在 1996 年 11 月 9 日的《文汇读书周报》。教训也由此文得来。我在文中说:

> 谢蔚明先生在《张伯驹》一文中说:溥心畬因老母病故,需款料理后事,有意将《平复帖》脱手作丧葬费用。伯驹就请傅先生(傅增湘)做中间人,经协商以三万二千元将《平复帖》买下。如照《大收藏家》所述,此事不确,且有两处小误……据此书记,溥心畬在他老母病故前就已使了张伯驹的一万多块钱,加上张伯驹在溥母病故后赠溥家的一万块奠仪,再加溥心畬将《平复帖》交给张伯驹后,张伯驹将卖了一百多件古董的一万块现洋,和乡下送上来的一万多块的租银进项,连同拿出存用的两万块现洋,一并合作六万现洋回赠溥心畬才对。另外,谢蔚明先生所说的"中间人傅增湘",恐为当时开字画店且与张伯驹交往甚密的祖籍为山东的傅湘。

拙文最后,我说:"一部长篇人物传记与一篇忆旧文章本不可同日而语,但其中所涉及的重要事节和数字,无论如何也该是同文同轨的。遗憾的是,同工异曲的一书一文,在这几件重要的大事上,却将读者带入一个不知该信哪一说的困惑之途。谁解其中味? 我想,不但是我,亦是对张伯驹其人其事感兴趣的读者所企盼的。"遗憾的是,因篇幅所限,这一段话被编辑删掉了。

求真求实的疑问,很快得到回应。谢蔚明先生在 1996 年 12 月 7 日的《文汇读书周报》刊发了《张伯驹与〈平复帖〉补遗》一文。谢先生说:苏文据《大收藏家》为实,认为拙作有"两处小误",一是《平复帖》收藏过程不像拙作的简单,而是很曲折,售价不是三万二千元,是六万元;中间人不是傅增湘,"恐为当时开字画店且与张伯驹交往甚密的祖籍为山东的傅湘。"伯驹先生墓木已拱,我们不能起先生于地下问个明白,所幸的是在先生病故前与我通信中有文字说明收藏《平复帖》以及《游春图》过程,这应当是无可怀疑的信史,特抄录于下:

> 西晋陆机平复帖,余初见于湖北赈灾书画展览会中,晋代真迹保存至今,为惊叹者久之。帖为溥心畲所藏,卢沟桥事变前一年,余在上海,闻心畲所藏唐韩照夜白图为沪估叶某买去,时宋哲元主政北平,余急函宋,申述此图文献价值之重要,请其查询,勿任出境,彼接复函已为叶某携走,后叶转售于英国。余恐平复帖再为沪估盗卖,倩阅古斋韩博文往商于心畲,勿再使平复帖流出国外,愿让余可收,需钱亦可抵押。韩回复云,心畲现不需款,如让,价需二十万元。余时无此力,只不过

早备一案，不致使沪估先登耳。次年卢沟桥事变起，余以休夏来平，路断未回沪，年终去天津，除夕前二日回京平度岁，车上遇傅沅叔先生，谈及心畬母丧，需款甚急，时银行提款复有限制，乃由沅老居间，以三万三千元（拙作"三万二千元"是笔误或手民之误所致）于除夕前收归余有。后有掮客白坚甫谓余如愿出让日人，可得价三十万元。余以为保护中国文物非为牟利拒之。北平沦陷，余蛰居四载，后随室人潘素入秦，帖藏衣被中，虽经乱离跋涉，未尝去身。

谢先生文最后说："伯驹先生以'鸟羽体'书法著称于世，晚年执笔因白内障眼疾和手颤，显得力不从心；但从此信中毕竟能读到先生以简洁文字、惊人记忆写出的从三十年代初发现《平复帖》和完成收藏的曲折经历。这确是了不起的壮举；最后捐献给国家的赤子之心，更令人敬佩。"

此文一出，孰是孰非，一目了然。然而，讨论并没有结束。1997 年 1 月 4 日，郑重先生在《文汇读书周报》刊文《也说〈平复帖〉》："读 12 月 7 日《文汇读书周报》刊载的谢蔚明先生大作《张伯驹〈平复帖〉补遗》，始知苏华先生亦有大作《张伯驹与〈平复帖〉》，从行文上看，苏氏读了《大收藏家》，并与谢氏的《张伯驹》作了比较对照，认为谢文不如《大收藏家》'翔实'。于是谢氏亦不甘示弱，再行文反诘之，并声明当初曾'遵编辑之命删掉不少细节’,可能是心中还感到不扎实,又抄录了张伯驹的信札,以证事实就是如此。"郑先生接下来讲述了他与张伯驹、潘素二位先生相识及之后的故事。其中最主要的是张伯驹把《春游琐谈》中的篇章借给他看:

伯驹先生以丛碧为号作《陆士衡平复帖》,记述此帖流传之序及自家收藏经过。此文即收入《春游琐谈》中。张氏致谢氏之信札即源于此文而有略。1982 年,伯驹先生归道山。之后,1984 年,中州古籍出版社将此书付梓出版,由于省吾先生题签,《游春图》作封面,甚为典雅。1995 年,我在北京购得林玫、谢沐(泰国)著《大收藏家》,拜读一过,情不自禁地想到:不知他们读过《春游琐谈》否?如读过,会有如此落笔?全书 27 万字,故事基本上是围绕"平复"、"伯远"二帖展开的。细思之,当今的传记和文学结缘,如同小说的结构与铺陈,的确是一部"详细之作",其中有许多电影画面,读之令人兴味盎然。可"详细"和"翔实"毕竟还有些距离,但作为传记文学来讲,不可强求字字真实。蔚明先生自称"没有读过《大收藏家》。"在下以为如果蔚明先生读过《大收藏家》,也会把它当做传记文学来看的,他的那篇《张伯驹》即使不被删去,其中的"细节"也细不过这种传记文学,更不会再发表这样的"补遗"正身的文字,还把伯驹

81

先生的信抄录一遍,手应该是够累的了。《大收藏家》自有它的可取之处,它的功用很明显;《张伯驹》也有自身的价值,带着自身经历的亲切。井水不犯河水,本来就没有什么可争论的。可是苏华先生偏偏要把两者作个比较,比较的结果是《大收藏家》为"翔实之作"。同样,如果苏先生也读过伯驹先生的《陆士衡平复帖》,还会写那篇引起争端的文章吗?我不敢说围绕这个问题的"三方"都没读过张文,不过要对这件事正本清源,水落石出,还是再次发表伯驹先生的《陆士衡平复帖》为好,只有它才是最有价值的。

郑先生文末还说:"多读书,免争论。不是不要争论,而是可以避免不必要的争论。"《书人茶话》版的编者在刊发此文时有"附言",写得十分客观公允:"本版付印前,编者就近询问了蔚明先生,得知他手头有《春游琐谈》,但觉得伯驹先生亲笔函比印刷品更具说服力,所以才大段抄录来信。至于苏华先生与《大收藏家》作者有无此书,暂时还不得而知。不过话说回来,编者确实不曾见过此书。郑重先生所说'读书少或不读书之故',总觉有点言重。我想,苏华先生,那两位传记作者,加上编者本人,如能见到《春游琐谈》,是一定会买来读的。非不读也,实在是无福读到。这又牵涉到书籍的发行渠道的问题了。希望中州古籍出版社能将此书再版,也希望普天下想读此书的人能很容易地买到它。"

82

谢蔚明先生的文章一出，即知道是我对比错了；郑重先生的文章一出，我知道了世间还有一本张伯驹先生的书，书名叫《春游琐谈》。

事情过了两年，辽宁教育出版社重新编辑了张伯驹的六种著述，合集为《春游纪梦》出版（1998 年 3 月），我买了，也看了。对《北京清末以后之书画收藏家》《陆士衡平复帖》《隋展子虔春游图》《杜牧之赠张好好诗卷》《宋蔡忠惠君谟自书诗册》《宋徽宗雪江归棹卷》等几篇大文及"丛碧书画录"部分，看得分外仔细，从中真正领略了张伯驹在书画鉴赏方面的清逸品格。这本书连同张伯驹的其他著作及郑重所著《收藏大家》后来一并送给了寓真先生。

1999 年夏，我在北京三联书店偶然看到何频先生所著《羞人的藏书票》（大象出版社，1999 年 1 月），内中收有一篇《再弹一曲张伯驹的老调》，连忙翻看，方知是为素不相识的我打抱不平的，他说：1997 年东风第一枝，那 1 月 4 日的《文汇读书周报》上，郑先生发表《也说〈平复帖〉》，一出手便对苏华和谢蔚明二位各打五十大板，讥讽他们"读书少或不读书"，并且正经八百地介绍了张伯驹编著的那本文史随笔，1984 年中州古籍出版社出版的《春游琐谈》一书。都快春节了，我终于通过该出版社的张艳萍女士，从档案室借出了仅存的《春游琐谈》。欣喜浏览一遍，觉得果然是一册闲书和雅书。但细加玩味，却发现其中竟也有破绽。就说那《平复帖》成交的价格吧——

张伯驹的《陆士衡平复帖》云：

> 至夏，而卢沟桥事变起矣。余以休夏来京，路断未
> 回沪。年终去天津。腊月二十七日回京度岁。车上遇傅
> 沅叔先生，谈及心畬遘母丧，需款正急，而银行提款复
> 有限制。余谓以《平复帖》作押可借予万元。次日，沅老
> 语余，现只要价四万，不如径买为简断。乃于年前先付
> 两万元，余分两个月付竣。帖由沅老持归，跋后送余。时
> 白坚甫闻之，亦欲得此帖转售日人，则二十万价殊为易
> 事。而帖已到余手。

可他致谢蔚明的信札却说：

> 车上遇傅沅叔先生……乃由沅老居间，以三万三
> 千元(拙作"三万二千元"是笔误或手民之误所致，此为
> 谢蔚明语)于除夕前收归余有。后有掮客白坚甫谓余如
> 愿出日人，可得价三十万元，余以为保护中国文物非为
> 牟利拒之。

这价格显然便有四万、三万三千和三万二千之三种说法，尽
管张又明确否定了三万二千元之一说。仅此一例，便不是郑重先
生所断："张氏致谢氏之信札即源于此文(《陆士衡平复帖》)而有

略。"

何频挑出张伯驹先生文章里的"硬伤",使我对状写历史人物,愈发胆战心惊。因为即使是当事人的回忆也并不可靠,不定会在哪个环节上误记误说。这是因为一篇文章而得到的又一个教训。

回到正题。

也许是有感于我写过张伯驹先生的文章,又有感于我看过前述这些书,2013年夏,寓真先生在其大著《张伯驹身世钩沉》即将付印之时,让我审看一下其中所列张伯驹给博物馆捐赠书画目录有无遗漏和不确之处。大体浏览了一遍,我觉与其他著述者所写并没有什么大不同,也就放过去了。因没可信的史料坐实,所以对此事一直放心不下。等拿到还散发着油墨香气的《张伯驹身世钩沉》后,心里不知为何更加不踏实起来。此时,忽然想起在故宫博物院工作的表弟钱儿如几年前曾主编过大型画册《捐献大家张伯驹》(紫禁城出版社,2007年7月),也许得到此书可解忐忑不安的心情。于是,急忙发信请表弟快递一册。当翻看到元赵雍、王冕、朱德润、张观、方从义五人纸本墨笔合绘卷时,我立即傻掉了——原来,这本是一幅多人合作的书画作品,但我没看出《张伯驹身世钩沉》中是将其中的3幅,另外又单列了出来。这就造成张伯驹所藏所捐所让于故宫博物院的历代书画作品多出了3件。此间,恰有事到北京。先到故宫博物院送表弟《张伯驹身世钩沉》。见面相谈甚欢。说起故宫博物院藏品中曾被张伯驹收藏过的历代书画，表弟说，他编《收藏大家张伯驹》画册时，并没有将其全部藏品编入刊印。为纪念张伯驹先生诞辰115周年，他专门写了一篇《永存吾土，世传有绪——故宫博物院藏品中曾被张伯驹先生收藏的历代书画》的文章，刊发在《紫禁城》2013年8月的学术增刊上。随即从书柜中拿出一本送我，说：这是截止到目前，张伯驹先生捐赠国家和国家文物局购买拨交故宫博物院最完整的一个资料文献了。回到住地，我急急看表弟的文章，边看边自己笑了起来：人啊，真是记吃不记打！

从北京返回，我把刊发表弟这篇文章的刊物送给了寓真先生，并对他说：真是对不起，好好一本书，竟然让我弄得在捐赠书画名录上出了差错，现在书已印了出来，只能在再版时改正了。寓真先生宽慰了我几句什么话，因为心里难过，也没记住。此次编辑出版《寓真著述论评集》，大家公推我为编者，深觉最紧要的一件事是把我没把好关的这件事，告诉有幸读到这本书的友人，以示警勉。

《张伯驹身世钩沉》中所列张伯驹先生捐赠国家的珍秘瑰宝共计50件，其中收存于故宫博物院的为26件，其余收存于吉林博物馆。现仅就收存于故宫博物院的藏品之异同进行一番订正。首先需要说明的是，以往有些作者在写张伯驹历代书画藏品最终的流向时，往往都说是捐赠，实则有误。仅以故宫博物院所藏张伯驹曾经收藏的历代书画22件为例，便分为捐赠国家和国家文物局购买拨交故宫博物院，以及中央人民政府办公室拨交、故宫博物院收购四种情形。

一、捐赠国家的共 9 件,计:

(一)宋朱胜非《书札册》,纸本,纵 28.7 厘米,横 28.6 厘米。

(1953 年捐献国家文物局)

(二)西晋陆机《平复帖》卷,纸本草书,纵 23.8 厘米,横 20.5 厘米。

(三)唐杜牧《张好好诗》卷,纸本草书,纵 28.2 厘米,横 162 厘米。

(四)宋范仲淹《道服赞》卷,纸本楷书,纵 34.8 厘米,横 47.8 厘米。

(五)宋蔡襄《自书诗》卷,纸本行书,纵 28.2 厘米,横 221.8 厘米。

(六)宋黄庭坚《诸上座帖》卷,纸本草书,纵 33 厘米,横 729.5 厘米。

(七)宋吴琚《杂诗帖》卷,纸本行、草书,长 26.1 厘米,宽 18.1 厘米。

(八)元赵孟頫《章草千字文帖》卷,纸本草书,纵 24.1 厘米,横 240.6 厘米等。

(九)元俞和临《赵孟頫书常清静经》轴。

(2—9 为 1956 年捐赠)

二、国家文物局购买并拨交故宫博物院的共 11 件,计:

(一)隋展子虔《游春图》卷,绢本设色,纵 43 厘米,横 80.5

厘米。

（二）南宋高宗书、马和之画《诗经?节南山之什图》卷，绢本设色，纵 26.2 厘米，横 857.6 厘米。

（三）元赵雍、王冕、朱德润、张观、方从义合绘卷，纸本墨笔，

（四）明唐寅《孟蜀宫妓图》轴，绢本设色，纵 1247 厘米，横 63.6 厘米。

（五）明文徵明《三友图》卷，纸本墨笔，纵 26.1 厘米，横 475.5 厘米。

（六）明周之冕《百花图》卷，纸本墨笔，纵 31.5 厘米，横 706 厘米。

（七）清吴历《兴福庵感旧图》卷，绢本设色，纵 36.7 厘米，横 85.7 厘米。

（八）清禹之鼎《纳兰性德侍卫小像》轴，纸本设色，纵 59.5 厘米，横 36.4 厘米。

（以上 8 件，于 1953 年由国家文物局拨交故宫博物院）

（九）清樊圻《柳村渔乐图》卷，绢本设色，纵 28.6 厘米，横 167.8 厘米。

（十）元钱选《幽居图》卷，纸本设色，纵 27 厘米，横 115.9 厘米。

（9、10 两件，于 1955 年由国家文物局拨交故宫博物院）

（十一）宋徽宗赵佶《雪江归棹图》卷，绢本淡色，纵 30.3 厘米，横 190.8 厘米。

（此件于 1962 年由国家文物局拨交故宫博物院）

三、中央人民政府主席办公室拨交一件：

唐李白《上阳台帖》卷，纸本草书，纵 28.5 厘米，横 38.1 厘米。

四、故宫博物院于 1959 年收购一件：

宋赵孟坚《行书自书诗》卷，纸本，纵 35.8 厘米，横 675.6 厘米。

《张伯驹身世钩沉》中所列存故宫博物院的书画以下有误（以书中原标号列出）：

十一、宋马和之《后赤壁赋图》；

十三、米友仁《姚山秋霁图》卷；

十四、宋郭熙《松石平远图》；

四十一、清王翚《观梅图》卷；

四十三、清蒋廷锡《五清图》卷；

而二十四、元王冕《墨梅图》，二十五、元赵雍《松溪钓艇图》，二十六、元方从义《云林钟秀图》卷，均为二十三、元赵雍、王冕、朱德润、张观、方从义五家合绘卷中之一图。

元赵雍、王冕、朱德润、张观、方从义合绘卷具体情状如下：

之一：赵雍作《松溪钓艇图》，纸本墨笔，纵 30 厘米，横 52.8 厘米；

之二：王冕作《墨梅图》，纸本墨笔，纵 31.9 厘米，横 50.9 厘米；

之三：朱德润作《松溪钓艇图》，纸本墨笔，纵 31.5 厘米，横

52.6 厘米；

之四：张观作《疏林茅屋图》，纸本墨笔，纵 25.8 厘米，横 59.6 厘米；

之五：方从义作《山水图》，纸本墨笔，纵 26.5 厘米，横 45.3 厘米。

《张伯驹身世钩沉》没有列出故宫博物院所存张伯驹曾藏书画如下：

宋朱胜非《书札册》。

宋赵孟坚《行书自书诗》卷。

清禹之鼎《纳兰性德侍卫小像》轴。

清樊圻《柳村渔乐图》卷。

另据中华书局 2014 年 3 月所出张伯驹著《烟云过眼》（辑《春游琐谈》《丛碧书画录》《补遗》，并配部分图卷），《张伯驹身世钩沉》所列吉林省博物院所存张伯驹捐赠书画部分，有如下 9 件可以确认（仍以书中原标号列出）：

五、唐人写经册（应为隋人写经册）。

十五、宋杨妹子《百花图》卷（应为南宋杨婕纾《百花图》卷）。

十六、宋赵伯骕《仙峤白云图》卷。

十七、宋楼阁图轴。

十八、元仇远《自书诗》卷。

三十一、明薛素素《墨兰图》轴。

三十三、明曾鲸画《侯朝宗像轴》(应为明曾鲸《侯朝宗秋江钓艇图》轴)。

三十七、明来复草书轴(应为明来复《行草书》轴)。

四十四、清蒋廷锡《瑞蔬图》轴。

尚未核对出的如下：

十九、元颜辉《煮茶图》卷。

二十二、元赵孟𫖯《篆书千字文》卷。

三十二、明王谷祥《写生卷》。

三十四、明董其昌《行书五言诗卷》。

三十五、明张瑞图《书法轴》。

三十六、明赵宧光《篆书字对》。

三十八、明杨廷和《书册》。

三十九、明文彭《自书诗册》。

四十、清陈洪绶《书法轴》。

四十五、清张祥河《松石水仙图》。

四十六、清周亮工《行书七言联》。

四十七、清陈古《花卉图》卷。

四十八、《圣教序帖》册。

四十九、《九成宫醴泉铭》册。

五十、宋拓《黄庭经》册。

遗漏两件：

元何澄《归去来辞图》卷。

清龚鼎孳《行书自书诗》轴。

在新中国成立前,张伯驹为历代书画真迹永存吾土,不惜变卖家产,曾经沧海;新中国成立后,有感于政府的动员号召,数次捐赠文物,及后又因生活和政治形势所迫,卖出自己博雅好古的生命之物,唏嘘之声有之,感叹之情更有之。无论谁写张伯驹,均是为其收藏生涯中的人格高于藏品的真情所感动。所书所写,无论是否有误,都是热爱张伯驹者,所以"主角"不应该是作者,而是张伯驹。寓真先生深明这种大义,在张伯驹捐赠书画目录前他明确地说:"笔者没有查到完整的登记。这里姑且列出五十件,遗漏者有待补充。"有感于此,虽然我做了补遗这件事情,弥补了过失,但我仍然感叹:寓真先生对没有看到可靠的、完整的文献记录,即使不得已使用了也存疑的做法,实在有待成为撰写历史人物者的一种风范和操守。

2015 年 12 月 3 日

《聂绀弩刑事档案》评论及其他

真实是文学的力量之源

——《聂绀弩刑事档案》的意义

李建军

  世界上也许再也找不到哪个民族像中国人这样健忘，这样善于文过饰非。再大的不幸，曾几何时，便会被乐呵呵的中国人忘得干干净净；再大的灾难，无须多久，便会被虚怯和爱面子的中国人遮蔽得不留痕迹。对那些可耻、可悲的糗事，中国人普遍的态度是"不揭短"和"不计较"。事情都过去了，还提它干什么？凡事宜粗不宜细。睁只眼闭只眼吧。得饶人处且饶人吧。与人方便自己方便啊。从这些心理和行为，可以见出一种具有普遍性的生存态度和策略——近视的现实主义、投机的功利主义、糊涂的中庸主义与苟且的绥靖主义。

  然而，对文学来讲，最为重要的，却是另外一种截然不同的认知态度和伦理精神。它强调对苦难和不幸的记忆，强调对被遮蔽的和真相的还原性叙述。它执着地探查痛苦的深度，丈量罪恶的广度。所以，它本质上是一种把"真"当作最高原则的精神现象,是与一切形式的遗忘和遮蔽格格不入的。中国文学之所以衰弱不振,一个很重要的原因,就在于我们的作家没有追问"真相"的勇气,普遍放弃了文学的"记忆"的职责。

虽然中国伟大的历史著作都有很强的"小说性"——能把人物写得栩栩如生,能写出令人过目不忘的细节,但是,当代的小说却越来越缺乏"历史性"——缺乏直面现实、"不虚美,不隐恶"的"实录"精神。根据我们时代流行的小说观念,"小说"等于"想象"和"虚构",而强调"体验"和"观察",则不仅是多余的事情,而且还是在文学上观念落后甚至冥顽不化的表现。受到怂恿的作家,不顾外部现实和生活事理的制约,天马行空地玩着狂欢化的"叙事"游戏。这样写小说当然很快意,很轻松,但后果是,我们的小说因为虚假和空洞,而失去了读者的眷顾,而成为热闹一时的过眼云烟。当代作家的"长篇小说",洋洋洒洒,动辄四五十万字,但是,细细读来,却很少看到丰满的人物,很难留下深刻的记忆,其内容含量,远远不及一部较好的中篇小说。

于是,人们要了解历史的真相和生活的真实状况,便只好借助那些"忌虚妄"的纪实作品。六十年来,那些优秀的纪实型作家克服种种艰难险阻,为读者写出了大量有价值的作品。尤其是,自上世纪七十年代末期以来,随着写作环境的相对宽松和渐趋正常,一些经历过牢狱之苦和炼狱体验的作家和学者,开始反思历史,反思"反右"和"文革",着力探寻一系列巨大的社会灾难发生的原因,并用凝重而深沉的文字,记录下自己的苦难历程和对灾难的思考,写出了一大批像《唐山大地震》(钱刚)、《走向混沌》(丛维熙)、《中国的眸子》(胡平)、《思痛录》(韦君宜)、《干校六记》(杨绛)、《中国知青梦》(邓贤)、《庐山会议实录》(李锐)、《以人民的名义》(卢跃刚)、《露船载酒忆当年》(杨宪益)、《九死一生》(戴煌)、《寻找家园》(高尔泰)等叙实事、说真话的作品。这些作品真实地记录了作者或者传主在"大跃进"、"反右"、"文革"、"上山下乡"等巨大灾难中的痛苦经历,记录了他们对那些重大事件的观察和体验,对专制和腐败等重大问题的思考和回答。当然,由于复杂的原因,尤其由于自欺欺人的劣根性和文过饰非的坏习惯,至今不为人知的真相,仍然很多。

令人意外而且振奋的是,最近一段时间以来,文化界和文学界正在形成一种良好的现象,那就是,一些学者和作家开始说真话、写有真意的文章了。

李洁非的《典型文坛》以当代文坛的具有典型性的作家和行政领导为对象,将那些已经被人们忘却或被岁月之尘掩盖的往事,刮垢磨光,去伪存真,通过对大量真实、鲜活的细节的有序化铺排,还原性地讲述了当代文学风云变化的诡谲和人物命运遭际的坎坷。言必有征的考辨,眼光独到的选择,一针见血的断制,笔致活泼的叙事,在在显示出一种"求真"的态度和成熟的治史精神。

一贯锋芒内敛、言恭貌谨的学者李辉,则以少见的尖锐语气,披露了好发说言大论的文怀沙的不为人知的真相——行将百岁的年龄是假的,光荣的"入狱"也别有缘故,学术上的"业绩"更是经不住认真的审视和严格的究诘。义山诗云:"武皇内传分明在,莫谓人间总不知。"在真实的尺度目前,一个志得意满、风流倜傥的"世纪老人",竟然显得如此虚弱和不堪。

其实,带着人格面具生活的不只是文怀沙一人。从心理学角度来看,面具是人的一种消极需要。某种程度上讲,我们都是戴面具的人。问题是,面对那些至关重要的大问题,我们必须摘下面具,必须给历史和后代一个负责任的交代。罪恶遮蔽得越严,责任推诿得越久,将来的后果就越严重。也许,正是因为认识到了这一点,认识到了"述往事,思来者"的重要性,所以中国从来就不乏舍了性命也要说真话的人,不乏采善贬恶的信史。班固在《汉书·司马迁传》中说:"然刘向、扬雄博览群书,皆称迁有良史之材,服其善序事理,辨而不华,质而不俚,其文直,其事核,不虚美,不隐恶,故谓之实录。"宋代史学家刘放则说:"古者为史,皆据所闻见实录事迹,不少损益,有所避就也,谓之传信。"所谓"实录",所谓"传信",就是要写出把真相告诉后代的信史,就是要为"来者"提供鉴古知今的启示。

寓真的《聂绀弩刑事档案》就是这样一部"实录"和"传信"性质的好作品。它是从废墟上生长出来的新草,是从罪恶里升华出来的良知,是在遗忘之风中绽放的记忆之花。

很久没有读到这样好的作品了!

它写得如此真实,如此有力量。

这才是有血有肉有热度的文字。

这才是"人学"意义上的文学。

从精神谱系上看,《聂绀弩刑事档案》属于二十世纪八十年代的"伤痕文学",但却比那些涕泗横流的控诉,更悲怆,更沉郁;它接近追根溯源的"反思文学",但却摆脱了那种虚张声势的做作和"载之空言"的浮泛。

它是一种古老的叙事传统的复活,是太史公《史记》的精神之子,因为,它遵循的是"不虚美,不隐恶"的"实录"原则。扬雄评价太史公有"多爱不忍"的慈悲和善良。司马迁爱惜那些正直而多才的人,同情那些高尚而不幸的人。他说:"余读《离骚》、《天问》、《招魂》、《哀郢》,悲其志。适长沙,观屈原所自沉渊,未尝不垂涕,想见其为人。"他不忍见那些豪侠之士被淹没到遗忘的尘埃里,所以,他说:"自秦以前,匹夫之侠,湮灭不见,余甚恨之。"苏秦被反间以死,"天下共笑之,讳学其术",但太史公认为他"起闾阎,连六国从亲,此其智有过人者。故吾列其行事,次其时序,毋令独蒙恶声焉。"

对于聂绀弩,寓真先生也有着同样"多爱不忍"的情感,也有着读其诗、"想见其为人"的尊敬和忻慕。他说:"我从年轻时就癖好诗文,凡头饰诗人桂冠者每令我仰慕殊甚。以后在机关工作几十年,混迹社会上下,与各界人士亦不乏交游。现在当我把聂绀弩的形象与往日熟悉的人士相与比较时,就觉出了一种区别。这是怎样的一种区别呢? 想了很久,想出一个简单的结论,姑且称

之为文化人与非文化人的区别吧。"①于是,他进而说道:

> 我相信许多的读者会像我一样敬仰一个有血、有肉、有骨、有魂的文化人,会为他激发内心的一种感动。而一个真正让人感动的灵魂,却是不需要用笔墨去描绘的。不需要枉费任何赞美的词汇,这本书里的精粹部分,其实只是一些质朴的、粗犷的、矿石般的原料。
>
> 我所以愿意编撰这些篇什,确是由于被一个文化人的惊世骇俗的行藏所感致,被那一脉诗魂感人肺腑。同时也想借笔端之忾悃,祈祝今后的春天更加明媚,祈祝那一条绵长不息的文化清流,灼灼其辉,始终粲如。

作者的太史公式的"多爱不忍",他的立场和境界,足以令那些拿着纳税人的钱胡编乱造的"著名作家"汗颜的。

《聂绀弩刑事档案》最大的价值,就在于它以客观、真实的第一手材料,揭示了在中华民族历史上最不正常的历史时期,知识分子动辄得咎、生不如死的艰难境遇,揭示了两种知识分子人格的尖锐对立,尤其是揭示了告密制度下知识分子同类相残的可悲现实。寓真用不容置疑的事实告诉人们,在"反右"和"文革"期间,那些优秀的敢于独立思考和说真话的知识分子,常常是被自己最亲密、最要好的朋友出卖的,是因为他们的检举揭发,才被送进监狱的。

　　中国自古以来,就有卖友求荣的事情。但是,对有耻感的知识分子来讲,即使被迫无奈的出卖,也会让良心终生不安的。钟会投怀送抱,做了帮凶,卖了良心,也卖了朋友——嵇康之死,他是脱不了干系的。山涛就要好一些,他想把嵇康拉进体制中来,却遭了嵇康的严词拒绝,但他最终还是守住了做人的底线——他没有为难嵇康,没有出卖自己的朋友。不仅如此,嵇康死后,他还念念不忘,经行他们一同聚会的地方,睹物伤情,悲从中来,写下了欲哭不能的《思旧赋》。然而,令人悲哀的是,在"反右"和"文革"期间,当代知识分子的卖友,却是积极主动的,甚至觉得无上光荣的——寓真第一次以"档案"解密的方式,揭示了他们"卖友"的充满真实细节的过程。

　　寓真先生持论平恕,他宽容地理解那些告密者:"在'文化大革命'中,这种事情已不足为奇。敢于拒绝揭发,挺身而出保护朋友,不顾自身安危的勇士,在那个时代倒是极罕见的,即使有,真正是凤毛麟角。大多情况下,越是关系密切的亲朋好友,越是要把揭发材料写得上纲上线,以显示与'揪出来的阶级敌人'划清界限,以求避免殃及自身;如果自己被'揪出来'了,也要尽量检举别人,以求立功赎罪,略能减轻自己的处罚。"

　　……

　　我们当然不能要求所有的人都做戚学毅,也不能强迫所有的告密者都捶胸顿足地忏悔。但是,若无其事的沉默和遗忘,也绝不是一种可取的态度——倘若著书为文还以受害者自居,甚至表现出一副牺牲者的姿态,那就实在是不可原谅的。作为聂绀弩事件的知情者,黄苗子先生就有责任把更多的真相告诉世人。然而,黄苗子在一篇题为《床虱》的文章中,却是这样写的:"在我的一辈子中,我也曾有一个时期做过那王子所做差不多的'慈悲'的、愚蠢的舍身行为。但那不是我自愿的,而是十分无可奈何的一种大慈大悲。"②释迦牟尼式的"大慈大悲"? 对谁? 为什么"十分无可奈何"? 这样的含糊其辞的文字,即使不是欺世,也实在太自恋了一些。只有说出真相,一个人才能洗刷自己的耻辱,才能使自己的灵魂重获尊严,才能找回失去的自我。

如果做不到,就看看聂绀弩吧,看看他是怎样说的,又是怎样做的。为什么别人在最危险的时候能说、能做的,有人到了相对安全的时候还是不能说、不能做呢?

在"反右"灾难和"文革"浩劫中,聂绀弩没有出卖过任何人,良心始终是清白的,人格始终是完整和健全的。寓真这部作品最大的贡献,就是用确凿的事实和大量的细节,写出了聂绀弩这样一个正直的谔谔之士。在中国知识分子的整体人格遭受毁灭性破坏之后,发掘并光大聂绀弩的人格精神,具有至关重要的意义——当代人文精神和知识分子的重建,需要这样的弥足珍贵的人格楷模和道德力量。

在众人皆醉的时候,聂绀弩是清醒的。他敏锐地感受到了造神运动的荒谬,洞见到与"反右"和"文革"伴生的"个人崇拜"的危害。他议论纵横,口无遮拦,体现出知识分子的坦率尖锐的批判精神。即使面对可怕的"专政机关",他也没有隐瞒自己的观点。寓真在自己的书里,在较为详细地介绍了聂绀弩与审讯者的对话之后,这样写道:

> 从审讯情况看出,聂绀弩头脑是清醒的,胸怀是坦诚的,思维是睿智的。他不隐讳自己的观点,不隐讳自己对1957年"反右"斗争的不满,也不隐讳对毛主席的所谓"污蔑"。他认为自己是基于民主主义思想,反对不民主的领导,反对个人崇拜。他说"文化大革命"是"用大民主的方法回击要民主的人",这是他对当时政治形势的一种颇为独到的见解。他用西汉晁错的典故譬喻林彪,表现了深邃的政治预见和智慧。他对于毛主席健康问题的言论也是笃实而坦诚的。他表示要改造自己,是因为认识到自己是"不当权的走资本主义道路的当权派",这话幽默得让人喷饭。
>
> 法庭和监狱,被马克思称之为国家机器,毛主席说那不是什么仁慈的东西。尤其是在"阶级斗争为纲"的年代,一说到那些地方,就让人毛骨悚然。当事人受到审讯的时候,会做出形形色色的表现,有胆战心惊的,有痛哭流涕的,有死顶硬抗的,有见风使舵的。有的人遮遮掩掩,推三阻四,事实摆在面前也不敢说个"是"字;有的人为了立功赎罪,恨不得把肚子里知道的事情

一盆水倒出来,没有的事情还要东拉西扯、检举揭发、胡编乱造。一个人的修养和气度,任何场合都能显示出来,尤其是在厉声厉色的审讯面前,镇定自若、从容对答的人并不多见。

聂绀弩这个"现行反革命犯"是当之无愧的,对于指控他的"犯罪事实",全部供认不讳。他既没有顶牛对抗,推脱责任,也没有低头认罪、痛改前非,表现了他长期养成的那种传统的读书人的品质。他是一个富有智慧和理性,操守笃固,耿介特立的人,即使到了囚犯中,仍然有着一种鹤立鸡群的姿态。

聂绀弩的言论和表现,显示出一种崭新的人文主义精神。聂绀弩的这种批判精神的形成,与两个人有关:一个是鲁迅,一个是吴虞。这两个人都是反封建、反专制最激烈的人。聂绀弩就是以鲁迅和吴虞为代表的"五四"一代知识分子精神遗产的继承者。寓真不是机械地罗列资料,而是深入地梳理了鲁迅和吴虞对聂绀弩的影响,揭示了聂绀弩对鲁迅和吴虞思想的认同:

《吴虞文录》是上世纪早期在青年中颇有影响的一本书,聂绀弩就是这本书的一个热烈的崇拜者。聂绀弩后来在他的杂文中,多次写到了吴又陵。

1934年5月,聂绀弩在成都,和朋友从一处题匾名曰"爱智庐"的宅前经过时,朋友告诉他说那是吴又陵的住宅。他于是顿生感触,写下了《爱智庐》这篇杂文,文中写道:"10年以前,对于这位吴老头子的文章,我是个热情的读者。他给予我的影响,在当时怕很少人能够比得上……我怀念着他,已经不是一天两天,一年两年的事了。现在说我到了他的住宅的门前,说是要我愿意,就可以马上进去看见他,我的心情是怎样激动着哟!""诚然,《吴虞文录》的基本观念,在现在看来,该有不少值得讨论的地方……哪怕这样,就全体来说,在'打店'运动上,却演了一个了不起的角色;并且,《文录》中谈礼说孝的文章,就我所知,到现在为止,还是最勇敢,最透彻,最确切,最渊博的东西。"

在《从〈吴虞文录〉说到〈花月痕〉》一文中,聂绀弩又写道:"五四时代,有一本著名的小书《吴虞文录》,是成都吴又陵所著,可说是响应鲁迅的《狂人日记》及以这篇小说为中心的反封建的全部思想的。里面《吃人与礼教》是直接宣布受鲁迅影响,其他非礼、非孝、非儒、非孔的文章则是当时以鲁迅为中心的整个反封建思想的一个有力的组成部分……不知这本小册子的一般影响如何,我是深受了他的教益,认为现在的读者还应该读,应该有出版社重印的。"

1980年4月,聂绀弩在为其杂文集写的自序中,谈到他的思想启蒙经过时，又一次写道："尤其是鲁迅的杂文和一本《吴虞文录》，使我的思想渐渐偏于民主主义方面来。"

笔者手边现在就有一本《吴虞文录》，是中华民国十年十月初版，中华民国十八年四月六版，亚东图书馆印行的。在《吃人的礼教》一文中，吴虞写道：

> 我读《新青年》里鲁迅君的《狂人日记》，不觉得发了许多感想。我们中国人，最妙是一面会吃人，一面又能够讲礼教。吃人与礼教，本来是极相矛盾的事，然而他们在当时历史上，却认为并行不悖，这正是奇怪了！

到了如今，我们应该觉悟：我们不是为君主而生的！不是为圣贤而生的！也不是为纲常礼教而生的！什么"文节公"呀，"忠烈公"呀，都是那些吃人的人设的圈套，来诳骗我们的！我们如今，应该明白了！吃人的就是讲礼教的！讲礼教的就是吃人的呀！接下来的一篇，是《儒家主张阶级制度之害》。文中说：

> 孔氏主尊卑贵贱之阶段制度，由天尊地卑，演而为君尊臣卑，夫尊妇卑，官尊民卑，尊卑既严，贵贱遂别；所谓"礼不下庶人，刑不上大夫"……守孔教之义，故专

制之威愈衍愈烈。苟非五洲大通，耶教之义输入，恐再二千余年，吾人尚不克享宪法上平等自由之幸福，可断言也。

读了这些内容，我们便知道，聂绀弩青年时代是接受了这样的启蒙呵！

由此，我们可以得知，聂绀弩在"反右"和"文革"中的言论，其实都是其来有自的。正因为有了鲁迅和吴虞的现代性启蒙，正因为已经形成牢固的民主主义价值观，所以，他才能深刻地认识到"反右"与"文革"的专制性质，能够洞若观火地发现"个人崇拜"的荒谬和落后，能够清楚地看到"文革"与"五四"精神的背道而驰与格格不入。他从来没有把"领袖"看成"神"，而是根据马克思主义的"唯物主义"和"辩证法"，将他当做普普通通的正常人。正因为这样，他才说："有许多事情，我们会觉得奇怪，你想：一个普通人，总不能不看报纸吧，天天看报都看到自己怎样伟大，怎样英明，你受得了受不了？从个人来说，不管怎么伟大英明，也总有不伟大不英明之处，从党和组织来说，不管怎样正确也总有不正确之处。都好了，都对了，都正确了，那就是什么呢？那就是完了，这是不可能的，是不辩证的。"他对个人崇拜的批评都是有感而发，直言不讳的，体现出一种民主而平等的公民意识："毛主席这个人，古书读得不少，他是把中国帝王的一套，跟马克思列宁主义结合起来。那不是马列主义，那是中国封建的东西。在军事上没有人能比得过他,但在别的方面他不通,但是他自己什么都要管,不让别人说话。从 1955 年以后,搞得什么玩意儿?"经历了"批胡风"、"大跃进"、"反右"和"文革"等一系列灾难和浩劫,根据中国共产党《建国以来若干重大问题的决议》,我们不仅应该接受聂绀弩的判断和结论,而且应该认认真真总结教训,切切实实清除"个人崇拜"造成的消极影响——这种影响今天仍然潜伏在中国人的意识深处,依然渗透在我们的日常生活里,如果任由它不受遏制地蔓延下去,就必然会严重地阻滞我们的文化进步和社会发展,甚至还有可能导致社会灾难的周期性发生,从而给我们的国家和人民带来巨大的痛苦和不幸。

有的人可敬,但不可爱,有的人可爱,但不可敬;有的人尖锐,但不温厚,有的人宽忍,但无个性;有的人有思想,但却没有趣味,有的人有趣味,但却没有思想。然而,聂绀弩却是兼而有之的——他既是耿直的猛士,又是多情的诗人;既是可敬的,又是可爱的;既是尖锐的,又是宽容的。

是的,聂绀弩是一个杰出的诗人,一个有趣而可爱的诗人。

诗是我们进入聂绀弩内心世界的另一道门户。

聂绀弩的古体诗,格律严整,字工句稳,用典而不生僻,古雅而不艰涩,刚而能柔,冷而能温,悲而能欢,往而能返,诙谐幽默,慷慨激昂,有建安之风骨,开自家之户牖,属于当代古体诗写作中的大家之作,远非那些狂躁虚热的人物所写的夸诞欺世、不说人话的诗所可比肩。就古体诗而言,聂绀弩实为六十年来第一人。

1971 年,邵荃麟含冤去世。聂绀弩出狱从山西回到北京时,访旧半为鬼,得知死于狱中的老友,竟连骨灰都没有留下,便写了一首《挽荃麟》,其中有诗句曰:

> 君身奇骨瘦嶙峋,支撑天地颤巍巍。
>
> 天下事岂尔可为? 家太高明恶鬼窥。

虽只四句,却意味深长,既写出了邵荃麟的状貌和气质,又表现了对险恶世态的尖锐反讽。

"反右"是一个巨大的人格粉碎机。很少有人能逃脱它的扭曲和伤害。那么,戴上"右派"分子帽子的聂绀弩"君子意如何"呢? 他咏武松的一首诗,其实写的就是自己对暴虐和凌辱的轻蔑与不屑:

> 家有娇妻匹夫死,世无好友百身戕。
>
> 男儿脸刻黄金印,一笑心轻白虎堂。
>
> 高太尉头耿魂梦,酒葫芦颈系花枪。
>
> 天寒岁末归何处,涌血成诗喷土墙。

其中"男儿脸刻黄金印,一笑心轻白虎堂"两句,正像寓真阐释的那样:"这既是悲歌,又是啸傲,仅仅 14 个字,铿锵有力,掷地有声。借用了《水浒》中的林冲误入白虎节堂而蒙受冤狱的故事,表达了他的深沉的悲愤与凛然的正气。"我读到这两句诗,如受电击,强烈地感受到了一种在当代知识分子身上很少看到的英雄气概!

聂绀弩的古体诗嬉笑怒骂,涉笔成趣,往来驰突,纵横自如。例如,在《咏董超、薛霸》一诗里,他这样写道:

> 解罢林冲双解卢,英雄天下尽归吾。
>
> 谁家旅店无开水,何处山林不野猪。
>
> 鲁达慈悲齐幸免,燕青义愤乃骈诛。
>
> 佶京侠贯江山里,超霸二公可少乎?

他的诗里有深哀剧痛,有泪光,有哭泣,但是,即使在悲悼之际,他也不自哀自恋,而是表现出壮美奇崛的浩然之气,这一点,彰明地表现在他怀念胡风的两首诗里:

胡风八十

> 不解垂纶渭水边,头亡身在老刑天。
>
> 无端狂笑无端哭,三十万言三十年。
>
> 便住华居医啥病,但招明月伴无眠。
>
> 奇诗何止三千首,定不随君到九泉。

吊胡风

精神界人非骄子,沦落坎坷以忧死。

千万字文万首诗,得问世者能有几。

死无青蝇为吊客,尸藏太平冰箱里。

心胸肝胆齐坚冰,从此天风呼不起。

昨梦君立海边山,苍苍者天茫茫水。

1973 年 2 月 1 日(农历十二月二十九日),是聂绀弩的 70 周岁的生日,然而,此时他却在山西稷山看守所的铁窗里熬受着严冬的苦寒。"可怜怀抱向人尽,欲问平安无使来。"(杜甫:《所思》)于是,他便写了一首七律,当作自己送给自己的生日礼物:

死灰不可复燃乎?戏把前程问火炉。

败絮登窗邀雪舞,残冬恋号待诗除……

此诗用典自然到近乎不用,哀情沉郁到近乎无痛,接近老杜晚年"浑漫与"的诗风。寓真是读懂了这首诗的,他说:"囚中已度过 6 个除夕,尚不知要挨到何年,来日未卜,只能将前程戏问火炉而已。侧耳听着铁窗外风雪狂舞,寂寞中以吟诗来奈何残冬的时光,心境何其苍凉!"其实,这首诗所宣抒的,不只是"苍凉",还有不屑和幽默(即所谓"戏"),以及对未来的沉冤昭雪、真相大白的自信。

真正的诗,可以怨,可以观,是经得住时间的洗礼的。正像寓真先生诠释的那样:"诗是焚烧不掉的,聂绀弩的作品流传着,并将会长久地流传下去。一切优秀的诗篇都会流传下去。诗是思想的寄托,诗是自由的象征。诗总是在压抑中生长,在压抑中爆发。诗有着不屈的性格,诗有着不怕焚烧的超然的生命力……我们不妨把诗,把思想,把自由,比作野草。"是的,像诗一样美好的,是聂绀弩高贵的心灵;像诗一样长久的,是聂绀弩的傲岸不屈的人格。

用真实的文字把那些美好的人和事记录下来,把灾难和罪恶的真相展布出来,这是一切有良知的作家的责任。

真实是文学的力量之源。

只有勇敢地说真话,我们的文学才有希望。

这就是《聂绀弩刑事档案》带给我们的启示。

这就是寓真先生这部纪实作品的价值和意义。

①寓真:《聂绀弩刑事档案》(《中国作家·纪实文学》2009 年第 2 期)下引同。

②牛汉、邓九平主编:《荆棘路——记忆中的反右派运动》63 页(经济日报出版社,1998 年 9 月)。

《长城》 2009 年第 1 期

(编者注:本文有删节)

莫怪吾人翻档案

——寓真先生答友问

山西诗词学会几个诗友日前小聚，寓真先生亦在场，他的《聂绀弩刑事档案》及其所引起的网上议论，自然成为这次友聚的话题。交谈间，寓真回答了诗友一些问题，兹将答问的主要内容笔录如下。

问：《聂绀弩刑事档案》在《中国作家》发表后，反响、议论较多，你应该把写作这本书的立意的思考，给我们说说呵。

答：我在写作前，有过三个方面的考虑，一是聂绀弩这个人，他的经历、思想、人格，真的让人景仰，所以就想把搜集到的他那些鲜为人知的言行告诉世人，这在书的"前言"和"结语"中已经说到；二是像咱们这些人吧，就爱好个诗词，对搜寻和研究聂绀弩的佚诗很有兴趣，聂绀弩为旧体诗的新生拓开了一条路子，研究他的人和诗，应该说是一件很有意义的事情；三是通过聂绀弩的诗作、言论，通过他被打成"现行反革命"的那些材料，反映了一个时代的某种现实状况，尤其是文艺界、知识界在极"左"思潮中遭受的压抑和践踏，以及当时的良知和觉醒者的抗争，这些都会对我们有所启迪的。

问：　是的，这本书确实很有意义，能从档案资料中发现这样的意义，并整理撰写出来也很不容易，过去你在担任法院院长期间工作那么繁忙，是什么原因直接促成你要写这本书呢？

答：　写作的内在的动力，当然是出于对文学、对诗词的嗜好，这事不管放给我们哪个诗友都会尽心去做的，这大家都理解。外在的因素，一个是我与朱静芳同志的交往，她是山西高级法院的一位老法官，与人热忱善助，富于正义感，聂绀弩从临汾监狱提前获释，她的周旋起了很大作用，我最初写聂绀弩就是写他出狱的那些情节，同时褒扬朱静芳的急公好义的。第二，是侯井天先生的督促，侯先生多年致力于编辑《聂绀弩旧体诗全编》，为搜寻聂绀弩佚诗，不辞八十高龄，远从山东坐了火车到太原来找我，那次真是让人感动，更使我觉得搜集和研究聂绀弩佚诗是一件义不容辞的事情。第三，是《新文学史料》这个杂志方面的鼓励，该刊2003年就发过我写聂绀弩的文章，老主编陈早春先生给我写过一封热情的长信，还有其他文友的关注和支持，那都是出于一种文学责任感和对史料的价值的重视。

问：　听了你上面的介绍，完全能够理解你写作的意图，而目前网上的一些议论，似乎集中到"是谁告密"的问题上，这是不是有违于你写作的初衷呢？

答： 我虽然也写到了检举揭发的事情,但从全篇的主题来说,如果把注意点转到谁举报、谁告密的问题上,可能会舍本求末、去实务华。看了网上的有些议论,这确实是我始料不及的。我在提到聂绀弩的举报人时,只是想指出一种历史现象,并没有明指张三、暗指李四的意思。那些事情是发生在一个特殊的年代、特殊的背景下,整个知识界在受难,不论怎样的行为都是一种被动状态,主动作为是极有限的。有的说法,大概是出于读者的个人理解和感受吧,难免有某些不准确,或者是误解的地方。当然,我也看到了有些读者的意见,对我的写法很不满,但我想任何一个作者都会局限于自己的认知水平,也都会有自己的写作方式吧。

问： 对网上的议论你是否会写文章再说些什么?

答： 我要说的话,我能够表述的东西,在书稿中基本上已经写到了, 其实没有更多的意思要写了。读者对任何著作的阅读,都会有各自不同的理解和体会,都可以表述自己的阅读感受和意见。不可能要求我们的读者的感受,都纳入作者的写作思路上去,也不可能要求读者的理解都那么准确无误。引起不同意见的争鸣,这是很正常的。同时,我作为本书的作者,也有一个认识深化的过程,书中所写的东西,也难免有这样那样的不足,难免有浅陋的地方,这当然应该欢迎读者的批评。在这本书正式出版的时候,尽可能从文字表述上再作一些斟酌吧,尽可能避免由于表述不周妥而引起读者的误解。例如,我在“祸端酿成从头说”那一章节中，写到"有一份 1962 年 9 月 12 日递给公安机关的报告。报告提供人可能是一个国家机关的干部"，他说他一个晚上"得到了一点东西，破去不少钞⋯⋯"，有的文章在引述这事的时候，出现了张冠李戴的误解。

问： 但愿你这本书能尽快出版。《中国作家》刊发时曾注明"有所删节"，正式出版时是不是要加以补充完善呢？

答： 原书稿分为上、下两编，删节部分在"下编"中，主要内容是关于档案中的聂绀弩的几十首佚诗，以及从佚诗和他的言论的研究，引申而说到他的经历、思想、气节。另外还要插入一些聂绀弩的手稿和其他资料的影印图片。这本书应该做到史料性与文学性兼具，而并不是什么专写奇闻佚事、只供街谈巷议的书。从我主观上是想诚笃为文，减少一些流俗和浮躁。今年是建国六十周年大庆，这本书幸运地逢上了这样一个好的时机，希望它能够有助于读者回顾历史，清醒是非，使我们更加珍惜当今的和谐，更加坚定科学发展，更加振奋地面向未来，总之是希望能有一些好的影响，而不要对我们的社会有什么消极的影响。

问： 当然会产生好的影响嘛，咱们这些诗友都这样看，都这样希望的。听说你近日有新的诗作，拿出来看看好吗？

答： 因为读了网上文章有些感触，写了两首七律，现在没有带在身边，记得第二首是这样写的：

手提肝胆付吟哦，绀弩诗中血泪多。

莫怪吾人翻档案，但忧世事易蹉跎。

苍生痛楚难忘也，冤狱真情敢隐么？

历史并非由尔我，乾坤日夜走江河。

众: 这诗写得不错，说出了你的真情实感呵。

端容整理　2009 年 4 月 28 日

长使来人恨不休

——读《聂绀弩刑事档案》诗六首

张希田

读完寓真先生长篇报告文学《聂绀弩刑事档案》,感慨颇深,不吐不快。经马斗全先生指正,个别字句做了改动。并调整次序,加了注释,补放博客中。2008 年 3 月 5 日。

一

一代奇冤叹未闻,今凭刑档识其人。

谈诗每恨雕金字,举酒常狂诟暴秦。

黑狱无边心坦荡,高情励志骨嶙峋。

饭余争说诗翁事,应谢文坛得寓真。

二

自著奇书自始皇,烧诗岂证罪消亡。

早将片语阴登账,只待秋风再净场。

灼见每闻惊四座，坦诚终致套双缰。

东坡曾被聪明误，千载轮回又一桩。

三

段段倾谈不忍闻，一如金口纪言真。

无心放胆有心乐，难友登门卖友频。

曾见文章讽丑类，今知丑类数文人。

悲情读罢悲文化，几度三更泪湿巾。

四

心头早忘几轮伤，权把囚牢做课堂。

十七遍研资本论，万千回省旧时光。

长依马列呼民主，偶向源头咒始皇。

翻检铮铮惊世语，羞沉十万读书郎。

五

乱世遭逢人命轻，朝披锦绣暮眠荆。

害虫一扫全无敌，捞月千回岂有情。

鸿雁高飞音讯杳，蚁民相救智谋生。

归来设宴论功点，多是当年右阵营。

六

一自阳谋号九州,文星落难廿春秋。

垦荒漠北悲缘右,蹲号山西幸转囚。

北伐军中舒抱负,延安帐下证追求。

江山何把功臣锁,长使来人恨不休。

附注:第一首之"雕金字",聂认为给"右派"戴上帽子就像宋朝给犯人脸上刺字一样。第二首之"套双缰",指聂先被打成"右派",后被打成"现行反革命"。

聂绀弩刑事档案与周汝昌诗

周伦玲

去年年末，朋友捎口信儿说发现了一首父亲周汝昌写给聂绀弩的诗，随后即从山西捎来一本书，这就是十分闻名的寓真的《聂绀弩刑事档案》。

这本书，记录的是一位长期事职司法者与聂绀弩案件卷宗之间鲜为人知的事情，之前已经有不少报道，我也极想一读；然而出我意料的是这本书里竟然记录下父亲写给聂绀弩的一首诗，而且还是手迹，这着实令我兴奋。接书后来不及详看"传闻细节"，赶紧翻找，很快在下编的第廿三节"水浒公须显豹姿"里发现了父亲那熟悉的字体。

这是一首七言诗，诗的题目是"某休沐日绀老见过不遇赋此"，其诗云：

乘兴曾来了不知，扁舟逐去想犹夷。

红楼我尚贪鸡肋，水浒公须显豹姿。

人羡高居九天上，自怜大病一场时。

名山事业都何似，匹马单枪扯杏旗。

上题"绀老解闷"，落款为"油戏三昧"，并钤有一枚印章。诗后缀一行小字："腹联是实情：在家上班，搞自己的什么新证，岂非九天之上而自则，枯肠索尽，百虑千思不减一场大病。"

父亲的字迹我太熟悉了，一点没错，这是父亲的手迹。但诗作没有留名，就凭"油戏三昧"这四个字，寓真又如何能认定这是父亲的诗呢？我十分好奇。

寓真在书里这样写道：

"这首诗稿，杂在聂绀弩的刑事档案中。因落款只有"油戏三昧"四字，作者不明，开始我并未在意。后来又翻到了一些别的材料，感到聂绀弩研究《水浒》极为投入，一度恪勤治学，殚竭心力，于是又想到了这首诗。仔细端详那清逸的毛笔字，我蓦地想到了周汝昌先生，周先生的书法和诗词我是见过的，这一件诗稿虽是写于青年时期，墨痕笔法并无二致。周汝昌于1954年、36岁时，作为一位青年学者调入人民文学出版社，当时正值聂绀弩主事古典文学研究和出版社工作。从这首诗的内涵和写作情境，基本可断定是周的作品。"

那么，父亲写给聂绀弩的这首诗，到底说的是什么呢？

先看寓真的书，他说：

"由诗题可知，聂绀弩是星期日过访周汝昌，周外出不遇，随后周写了这首诗，既是述感，已有答谢之意。云为"绀老解闷"，大约是正值绀弩家事不快，与妻分居，独住单位之时。诗的意思是：你乘兴来看我，我了无所知，回头去看你吧，又思想犹豫。我对《红楼梦》的研究还在贪婪地啃着鸡肋，而你的《水浒》研究已见成效，更须大显身手了。别人羡慕我在家上班，专搞学术，好像高居于九天之上，谁知道这研究竟人百虑千思，以至大病一场。著书立说是藏之名山的事业，为之多么不易啊，就好像是单枪匹马，要上战场去夺取胜利，扯下敌方的杏旗帅旗。"

我把这段话读给父亲听，他笑了笑，然后给我讲了下面的故事：

1953年的10月，我在四川大学外文系教书。有一天忽然接到燕京大学中文系教授林庚先生的一封信，才知道自己的《红楼梦新证》出版后深受好评，而人民文学出版社的聂绀弩征求意见，问此著作可否改由文学出版社出版？又表示可以调入文学出版社古典部工作。我接受了这两条建议，于1954年的春夏回到北京，在人民文学出版社古典部任职，上司即是聂绀弩先生。

聂公身材瘦高颇有英秀之气，他为人热情，思维敏捷，给我留下了很深的印象。聂公交给我的第一个工作任务就是"恢复"《三国演义》里被删的题咏诗。然后又要我当小说组组长，后来还任命我做"重校《红楼梦》小组"的组长。

这期间，聂公已然跟我谈过《红楼梦新证》的问题，他曾经问我那位写序的王耳是什么人？我回答是文怀沙时，他显得惊讶意外。他让我写一个新序,说:"你写个新的序,咱们看看,这个《新证》还可以印"。我遵命,费了很大的功力,写了好几大节,都是根据当时苏联的最流行的文艺理论家,什么"别车杜"等等。没想到,到了 10 月份后,"红楼梦大讨论"——批俞批胡运动即迅速展开了,当然《新证》也未逃脱厄运。我当时十分糊涂,执迷不悟:主张"自传说"怎么就是犯了错误? 这是曹雪芹自己在书里一开头就表明了的,鲁迅就如此认为,说胡适之考可为论定。难道鲁迅也不对吗? 我在那时,思想斗争极为剧烈,怎么也想不通我错在何处。有一位同事向聂绀弩等领导叙说我是"每日彷徨斗室,其情甚苦",倒是真实不虚……

我岔开这个话题,转问:"'犹夷'是什么意思啊?"

"'犹夷'是'夷犹'的倒念,'夷犹'是《楚辞》里面的一个联绵词,倒念是为了押韵,而不是'犹豫''疑心',跟那个毫无关系。'犹夷'是在水上自由自在航行。"

我问:"那时候聂绀弩家庭不和而分居,住在单位,你写此诗去是为了给他解闷?"

父亲笑笑:

"我那时是刚到社里的年轻人,根本不会打听他(领导)家的事,我只知他那时住在办公室。"

我又问:"'水浒公须显豹姿',什么意思?"

"那时我已然知道聂公跟王利器搞《水浒》搞得非常火热,影形不离。这句是夸奖他们:你们的《水浒》研究将来会显出英雄的新姿,然后作一个比喻。豹姿是英武之气,豹比喻文采。"

父亲接着又说:

"聂绀弩让我修改《新证》,我知道修了大概也没多大用处,也修不到好处。不修,丢了吧又觉得可惜,丢了吧,又心疼舍不得;用'鸡肋不舍'来比喻吃了味如嚼蜡,吐了又可惜,就是那么个意思。"

……

我尝试把这首小诗作一个串联:——

你乘兴来看我,我了无所知,想象你坐船来在水上自由自在地航行。对《红楼梦》的研究我已感到厌烦,舍弃又觉可惜,继续又感乏味,直如"鸡肋",吃着不爱吐了可惜;而你们的《水浒》研究一片英武之气,将来会显出英雄的新姿。

别人羡慕我在家上班,搞自己的《新证》,好像高居于九天之上,实际上我在斗室里转来转去枯肠索尽,百虑千思,好像生了一场大病,情绪不但困惑而且低落。

著书立说若藏之名山尚待保存传世,而我个人的事业处境却充满自伤和孤独,我如同《三国演义》中的赵子龙一样,匹马单枪,但还须继续往前进。

寓真分析得对,父亲写给聂绀弩的这首诗是在 1954 年深秋,当时批俞批胡运动正方兴未艾,父亲背负的压力越来越大,他的另一首诗也可作为参照,其诗曰:

又把红楼撷复撷，撷来撷去转茫然。

人人尽解其中味，雪老无言自九泉。

父亲真正的"大病一场"是在当年的 12 月，患"盲肠炎"被急送医院手术，后又发炎再行手术，这一大折腾，使他元气伤尽，身体自此衰弱下来。

关于此诗的背景与时间，还可以参阅 1955 年初黄裳先生写给父亲的信，内云："……修改之事诚甚难言，稍待时日，候诸公议论稍定，风向稍准时再说，亦并非坏事。此次讨论，颇有"失风"之辈，别觉可悯。世风日"下"，于此可见一斑也……"

关于诗末印章的印文，《刑事档案》作者并未提及。我仔细反复辨认后认为，应是"东风历历红楼下"。此枚印章是戈革先生 1954 年父亲回京后为之所治之闲章，这七字句父亲十分喜欢，他曾为此句赋过三首诗。这枚印章也印证了这段历史。

《中华读书报》 2010 年 11 月 10 日

报告文学创作如何规避法律风险

——《聂绀弩刑事档案》写作的启示

王文军

一 法治时代,法律责任成为报告文学作家面临的最大风险

与象牙塔中的学术研究和文学创作不同, 以纪实为文体核心特征的报告文学与时代、社会关系十分密切。早在报告文学尚处于起步时期起,报告文学的奠基者基希就告诫,报告文学是一种危险的文学样式, 因为它是艺术的文告——艺术地揭发罪恶的文告。(基希:《一种危险的文学样式》,王荣纲主编《报告文学研究资料》,山东人民出版社1983年,第1209页)因此,它自然会处于社会的风口浪尖上,与各种危险、风险相伴随。只不过,这种危险和风险的内涵随着时代的变化而变化。20世纪30年代, 当中国的左翼作家们找到这样一种被资产阶级恶毒攻击为毫无价值的特殊的文学样式时,他们所承受的,主要是来自于对立阶级政治压迫的风险。1949年以后,中国的报告文学作家们,

要承受的是来自于行政干预压力的风险。时过境迁,当中国社会逐渐进入法治时代时,法律责任成为报告文学作家们所要面临的最大的风险。

1989 年,新华社记者敬永祥发表长篇报告文学《海灯现象——八十年代的一场造神运动》,被海灯法师的养子和弟子范应莲告上法庭,被诉无中生有、歪曲事实,侮辱和诽谤海灯的人格。法院判敬永祥败诉。2000 年 4 月,中国青年报因刊登记者卢跃刚撰写的《大国寡民》等一系列报告文学作品,被咸阳市副市长兼咸阳市烽火村党支部书记王保京等以描写中有严重的名誉侵权行为为由告上法庭。法院判中国青年报败诉。2000 年 7 月,曾荣获鲁迅文学奖等多项国家级殊荣的甘肃省著名作家、现任甘肃省作协主席王家达创作的长篇报告文学《敦煌之恋》一书,遭遇名誉侵权官司。原告侯兴为《敦煌之恋》一书所涉及的人物。侯兴诉称,该书在涉及他的一些章节内容中,使用了大量虚构事实和侮辱性语言,丑化、诽谤了他,严重侵害了他本人的名誉权。法院判原告侯兴败诉。2002 年 4 月 23 日起,《北京青年报》开始连载吴思所著的历史报告文学《陈永贵——毛泽东的农民》。2002 年 4 月 27 日,陈永贵的儿子陈明亮、妻子宋玉林向北京市西城区人民法院递交诉状,状告北京青年报社和作者吴思侵犯了其名誉权。法院判北京青年报和吴思败诉。

2004 年 1 月,阜阳市政协副主席张西德作为原告,诉报告文学《中国农民调查》作者及人民文学出版社名誉侵权。原告张西德认为《中国农民调查》一书第三章《漫漫上访路》中，以其在该市临泉县任县委书记期间，该县白庙镇王营村部分村民上访为题材，撰写的文章内容严重失实，且指名道姓地对其进行形象、人格丑化，严重侵犯了自己的名誉权和人格尊严，因此向阜阳市中级人民法院提起诉讼。这起诉讼案情复杂，牵涉众多层面，有人甚至在案件刚开始时就根据诸多方面的考量，认为张德西将小胜作者陈桂棣。至今这个案子结果不详。2007年春天，笔者参加了在常熟理工学院举行的全国报告文学理论研究会学术年会，多年过去了，当时与会的报告文学作者的发言至今记忆犹新：现在，我们写报告文学，每次都要准备好充分的材料，随时准备打官司……

当今中国社会已经开始步入法治时代，信息传播有法可依但还没有新闻传播专门法律，法律，法规又不完善。对报告文学创作而言，法治时代赋予了作者更多的自主权利，诸如选题、创作、表达等的自由，但同时，法治时代也赋予了整个社会各项权利，诸如自然人和法人的名誉权、自然人的隐私权等等。并且，我国的法律迄今为止并没有给包括报告文学在内的新闻传播以更宽容的权利，倒是给了法人以独一无二的名誉权。由于报告文学纪实和"批判"、"揭露"的文种特点，常常会让被批判、揭露方看作是侵权。而侵权事端一起，作者创作的权利和自然人、法人的其他权利不可避免的产生冲突。法律并没有倾向于司职"批判"、"揭露"的报告文学，在这样的大背景下，报告文学和新闻一样，成为法律聚诉之地就成为必然。然而,和新闻记者不同的是,记者的法律风险可以因其职务行为而获得减免(法发〔1993〕15 号《关于审理名誉权案件若干问题的解答》:新闻报道及其他作品被告的确定:作者的职务行为,只列单位为被告),报告文学作者并没有法律的"护身符",也没有媒体的"庇护所",一旦成为被告,常常不得不"单打独斗"。这种种因素叠加起来,报告文学作者面临越来越严峻的或显在或潜在的法律风险。

二 规范使用材料,安全转移责任

从采写到发表,报告文学的创作始终伴随着各种风险。其中很多风险为复杂的社会环境所左右, 能够由作者掌控的风险并不多,其中规范使用材料、恰当选择材料以规避可能出现的法律诉讼,被视为作者可以掌控的范围。从这个角度看,2009 年第 2 期《中国作家》纪实版刊登的署名寓真的长篇报告文学《聂绀弩刑事档案》,称得上一部力作。

该作品一经问世,立即就引发了社会广泛的关注,特别是章诒和女士由《聂绀弩刑事档案》而引发撰写的《谁把聂绀弩送进了监狱? 》,(《南方周末》2009 年 3 月 18 日)指名道姓地认为,正是著名画家、文化老人黄苗子等一帮被聂绀弩视为同类知己的朋友们的出卖,使得聂绀弩进了监狱。然而,也有人严词驳斥章诒和,如王容芬称完全没有从作品中看出黄苗子是告密人,章诒和告了黄苗子的密,实为"十足的法盲"、"践踏了一代文化人的尊严"(王容芬:《中国文化人有没有人权:谁在告黄苗子的密?》)。于是,轩然大波骤然掀起,报纸、网络的批判、评论如潮涌来,并在网上迅速形成所谓"顶章派"和"顶王派"。除了"顶章派"和"顶王派",还出现了"中间派"。《聂绀弩刑事档案》内容敏感,一石激起千层浪并不让人意外,本文也无意卷入任何一派。冷眼静观,在这场笔战中,倒是有一个现象发人深省,不能不提:照理此次风波由报告文学《聂绀弩刑事档案》而起,矛盾的焦点理应集中于作者寓真先生,然而,不论是痛斥"文化界犹大"的"顶章派",还是坚持反对归罪于文化老人的"顶王派",或者是既清算历史又批判当事人的"中间派",没有哪一派向《聂绀弩刑事档案》发难。针锋相对的各派人士,都力图表现得尽量公正客观,以事实说话,而各自所认定的事实依据,都说是在《聂绀弩刑事档案》中找到的。从报告文学创作本身看,这种很有意思的现象可以引发我们的深入思考。

和新闻的深度报道相似,报告文学一般也都经历"采"和"写"两个过程。众多的媒体诉讼表明,"采"绝不是简单的信息收集、筛选,"有闻必录"或者"言必有据"并不是作品免责的"挡箭牌"。陈永贵亲属诉吴思案,被告二审仍然败诉,引发舆论界、法学界"大哗"。我国的民事诉讼实行二审终审制,二审维持原判,作者吴思虽然还是不服,但也只有认罚。重大案件特别是涉及公众人物、舆论高度聚焦的重大案件的判决往往含有非常多样、复杂深刻的因素,在此我们对案件判罚不作探讨,我们强调的是在法制社会,报告文学的写作要求或许变得更复杂了,仅就作品的真实性而言,作者、评论者、读者、作品当事人都说了不算,最后最关键的是法官怎么看。在陈永贵亲属诉吴思案中,原告诉被告在作品中写陈永贵曾经参加兴亚会等历史问题是诽谤,因为吴思叙述不真实;而被告则握有中共中央转发的中组部关于陈永贵历史问题审查结论的文件为"铁证"。那么,法官何以敢无视中央文件"硬判"被告败诉?细看判决书可以"窥破"一些"玄机"。法院并没有说作者吴思写了陈永贵曾经参加兴亚会就是诽谤,因为这是中央文件所载的内容,不是一个省级中院能否认的。但法院判决吴思在一些细节描写上违反真实,构成侵权。而吴思辩称写作过程中参考了大量的历史资料,进行了多方采访,并非自己编造、杜撰,但法院仍以它们是"非权威文献记载"为由不予采信。(《传媒业法律风险提示与案例读本》,法律出版社,2009 年 8 月版,第 81—82 页)此案给报告文学的写作"打击"是不小的,但同时吴思以一己之败给其他作者换来的教训也是深刻的。如何从"采"的源头上保障信息合法的真实性?以往更多关注的是写作专业方面的技术,现在,我们以为除了专业以外,还必须兼顾法律。

美国新闻教科书在论述记者、媒体如何避免诽谤时,特别强调了使用"事先被授予特权"的信息:"许多文章和图片确实对他人造成了诽谤。在大多数情况下,如果诽谤性的材料事先被授予特权,那么媒体发表这些材料便是安全的。所谓被授予特权,我们指的是:对法官、立法机关或其他官方行文,及这些行为、审判、会议中所陈述内容的公正、正确地报道。"(梅尔文·门彻:《新闻报道与写作》,展江主译,华夏出版社 2003 年版,第 673页)我国 1998 年《最高人民法院关于审理名誉权案件若干问题的解答》明确规定:"新闻单位根据国家机关依职权制作的公开的文书和实施的公开的职权行为所作的报道,其报道客观准确的,不应当认定为侵害他人名誉权;其报道失实,或者前述文书和职权行为已公开纠正而拒绝更正报道,致使他人名誉受到损害的,应当认定为侵害他人名誉权。"很显然,虽然《新闻报道与写作》是美国的专业教科书,"司法解释"是我国新闻法的法律渊源,但两者在指导、规定我们如何使用材料写作时的精神是一致的,并且,我国的"司法解释"还区分了同样使用法定资料时,何者不会侵权、何者会侵权。作为曾经的山西省高级人民法院院长,《聂绀弩刑事档案》的作者在使用材料时,其精神和方法都值得仔细研究。

《聂绀弩刑事档案》题目就表明,作品的材料来源来自于刑事档案。因此,在开始追溯那些由卷宗承载的历史时,作者精心地作了这样的铺垫:

当我翻阅着那一页页原始材料的时候,有一种说不出的兴奋和激动,因为那是一段真实的历史记载,而这段杳无人知的历史几乎要永远地埋没了。我立刻感觉到了这份档案资料的珍贵价值,那种兴奋的感觉,几乎像考古学家无意间掘出了一座古墓一样,如果不被发现,很难说它还要沉埋到何年何月,甚至永远消逝。

作者的意思非常明显:在本作品中,材料主要来源于聂绀弩的刑事档案中的原始材料。而解密的刑事档案材料本身,都来自于国家司法部门。那么,材料的来源就被赋予了严肃性、权威性和真实性。除了这样的说明外,在开始带领读者进入一些特殊的材料时,作者不忘还要强调一句:"现在,我们首先从聂绀弩诉讼档案的正卷入手,然后逐渐触及副卷中那些已经解密的材料,进而搜寻一些几乎散失的其他材料。这样做就仿佛考古发掘,把那些珍贵之物一件一件地逐渐清理出来。"

什么是档案中的正卷? 什么是副卷? 为什么要特别强调"副卷中那些已经解密的材料"?因为"司法机关的档案,有正卷与副卷之分。正式定罪判刑的审判笔录和证据材料,存在正卷中;另一些材料,包括没有作为正式证据使用的原始材料,司法机关的内部报告和领导人批示等等,存在副卷中。此外,往往还有一批被认为与案件本身无关,或者由于其他原因不收入卷宗的材料。副卷是比正卷更加保密的部分。"这些材料,不经解密,是不能够被随便公布的,而"不入卷的材料中,往往也有一些更有价值的东西,却很容易被销毁和散失",因此,作品中这些被公布的材料很有价值,也完全合乎公布的程序。作者在作品中不厌其烦,仿佛是在给读者上法律课一样,细细交代材料的出处和这种出处的合法性、规范性,一方面显示出了缜密负责的行文风格,另一方面也以这样的风格不断地强化出该部作品的客观性和公正性。

可能并不只是出于谦虚,在全文结束之时,作者又特别加了一个结语,其中有这样的句子:

> 名为作者,其实并无著作之实。因为这本书,基本内容是原始资料的辑录。我的工作只是搜索档案,发现材料,选取剪裁,把零散的材料分别安顿在各个标题下。同时,穿插了一些连缀的话语,虽有画蛇添足之嫌,但也起到了衔接贯通的作用,使那些零散的材料成了文章一样的东西。

这些语言,其实都进一步说明了作品材料的真实可靠性。

并不是所有的报告文学作品都有机会充分借助档案材料来显示作品所述事实的权威性和真实性,但是,具有特别典型意义的《聂绀弩刑事档案》在如何保证材料的客观性上,具有充分的示范意义。

档案,其实只是对原始卷宗材料的统一称呼,粗粗对全文作一检索,发现所用档案材料极其丰富,包括了:聂绀弩的诗、文,监狱所出的各种证明，当事人的各种证言、材料，当时政治背景中出现的各种国家公文、新闻公报，政府部门、法院之间的各种公函，上级领导的批示和意见，法院的判决书、宣判笔录、裁定书、撤诉书，监狱中的审讯笔录，公安局预审口供，告密举报者的举报报告，聂绀弩在狱中的检查材料、申诉材料、思想改造报告、学习小结，各种来往书信，谈话记录，研究聂绀弩专家的研究材料……当这些材料全部以聂绀弩刑事档案的名义被司法部门保留下来时，材料本身的合法性就已经被确立了，这实际上为《聂绀弩刑事档案》一文，撑起了一道绿色的安全信息网。

官方的特别是司法的材料并不意味着完全真实、正确，但是，官方特别是司法部门被赋予法定的地位制作相关的材料，他们承担对所制作材料的法定责任。有学者依据《司法解释》的上述规定，把可以成为公开报道依据再细分为六大类："（1）各级国家机关在职责范围内所作出的文件、报道，以及向社会或新闻机构发布的消息；（2）国家授权新华社发布的消息；（3）党和国家领导人的正式讲话；（4）政府发言人的发言；（5）人民代表、政协委员在人代会和政协会上就有关事宜所作的发言或书面材料；（6）国家机关工作人员在履行职务时的讲话或报告等。"（杨磊、周大刚《"起诉"媒体》，知识产权出版社，2006 年 6 月，第 251 页）我们可以把这看作是一种安全转移责任的形式，当然前提是，作者必须承担公正使用、正确陈述这种材料的责任。

三　公正使用材料，秉持写作善意

如何恰当使用材料而不至于埋下法律风险？相对规范使用材料、恪守材料的合法性，其难度更大、分寸更不易把握。

在《聂绀弩刑事档案》中，作者也并不是只要档案材料中有，就全盘采信、全部摘录，事实上，正如作者在作品中所言，"笔者在引用聂的言论时仍然有所保留。实际上聂的言谈时常是更为激烈的，指责高层领导人也时常会点名道姓，酒后甚至敲着桌子厉声大骂。"那么，究竟什么材料值得运用？怎样的材料在使用时应该有所保留？

《聂绀弩刑事档案》发表后，有人认为这是一部具有"实录"性质的作品，有人评价它是"中国现代知识分子心灵史的一次客观完整的记录"。为此，北京大学的龚勤舟在对作者寓真先生进行采访时问道："或许《聂绀弩刑事档案》的最大价值就在于它以客观、真实的第一手材料，揭示了中华民族历史上最不正常的历史时期，揭示了两种知识分子人格的尖锐对立，但是当今的读者似乎简单地将它与告密者联系在一起，这是不是对该作品的一次误读，请你谈谈作品的现实意义。"寓真先生回答说："对'极左'时期那种特殊的历史背景，大多读者都会有所了解，对过去的具体人和事未必都要一一追根问底。当然历史是无情的，每个人都在历史的浪潮中接受淘洗，像聂绀弩这样的优秀文化人，经过大浪淘沙显得格外高大，中国知识分子的许多优秀传统在他身上体现出来，而另外一些人格卑污的人也终究逃不脱历史的鞭挞。时代在不断进步，新中国 60 年来变化翻天覆地，社会主义民主法治建设在不断推进，当代知识分子更应该跟上时代潮流，在国家和民族的发展进步中发挥应有的作用，而不要在浮躁氛围中失去自觉，不能浑浑噩噩，迷失方向。聂绀弩的文章人品，能够给予我们这样的启示。"

上述这段对话明白无误地表明，寓真先生的作品并不是简单裁剪史料，他对聂绀弩刑事档案中记载的人与事、蕴含在人与事背后的真善美、假丑恶有着自己鲜明的态度。换言之，他和其他报告文学作者一样，有着强烈的社会责任感。只是他对自己承担社会责任的方式，具体说，他在作品中表达自己情感的方式与其他作者并不相同，更多地体现出浸润于身的法律意识。可能无法要求所有的报告文学作者都具备像寓真先生一样的法律素养，我们在此只是强调，在如今各方维权意识高涨、动辄以付诸诉讼或以诉讼相威胁的法治时代，寓真先生在《聂绀弩刑事档案》中使用材料、表达思想的方式有许多可借鉴之处。

例如《聂绀弩刑事档案》一文中，最具张力、最能引爆社会反响的内容之一，就是究竟谁是聂绀弩的告密者？此文发表后，搅成一团的社会舆论、各种观点的争论的核心问题也都围绕这点展开冲突。然而，纵观《聂绀弩刑事档案》全文，告密者始终是一条行文的伏线，但作者最终却没有揭开谜底，告诉读者谁是聂绀弩身边的犹大。寓真先生巧妙地避开了这个十分敏感的话题，但又在《宪法》《保密法》《档案法》《著作权法》保护中，充分地运用和披露了当时的各种原始材料。他所展示的材料是残酷的，残酷得足以使当事人或有过类似行为的人感到战栗，甚至促动了社会在一定程度上形成了"坦白"、"忏悔"的波澜。活生生的材料在控诉着残酷的现实，敏锐的读者自会从中得出自己的结论，作者何必一定要指名道姓呢，他撰写此文的目的已经达到，同时又聪敏地"阻却"了披露"告密者"姓名可能带来的法律风险。

不武断地下结论，只让材料来说明事实，在已经能达到作品所要传递的信息时，尽可能公正地秉承写作善意，尽量地不指名道姓，尽量少涉及个人恩怨，这是《聂绀弩刑事档案》给人留下的深刻印象。除了对上述告密者的信息作了这样的处理外，对材料中所述的"这个姓聂的王八蛋!在适当时候给他一点厉害尝尝。""聂对我党的诬蔑攻击,请就现有的材料整理一份系统的东西研究一次, 如够整他的条件……设法整他一下"等领导批示的摘录,作者同样也没有指名道姓,而只是以"有关负责人曾先后对聂的问题作过批示"的方式作表述。反观章诒和的文章,对这两处原文作者巧妙避开的敏感问题,则干脆利落地直指为:告密者是黄苗子,作"王八蛋批示"的是罗瑞卿。于是争论由此而生。

从写作技巧的角度说, 作者寓真先生原为山西省最高人民法院院长,以他的特殊身份和司法专业能力、经验,加上直接接触聂绀弩原始刑事档案材料的便利,要"锁定"聂绀弩的告密者并非难事,对作"王八蛋批示",要给聂一点颜色看看的负责人指名道姓也是握有实际材料的。那么在聂绀弩刑事档案现已解密的情况下，作者如此刻意回避这些敏感信息的做法到底能给我们怎样的启示？如果直接指名道姓的话，那被点名者的后人或好友，会不会像前面的诸多诉讼案一样，把作者告上法庭？也许有人会说，既然材料出处是权威的，告就告，有什么可怕的？但尽可能地远离诉讼，那是任何一个理智的人都会做出的选择。作为一个长期事职司法的工作人员，寓真先生当然要比一般的报告文学作者更懂得如何规避法律风险，懂法应该是作者最具优势的特点。充分依仗这一优势，在已经完成对历史的交代的同时，少伤害个体，秉持写作的善意，少涉及个人的隐私，这不正是报告文学作品至高的境界吗？

在《聂绀弩刑事档案》一文的结语中，作者有这样的一段文字表述：

> 自我发现这些档案材料以来，心上就有了一种重负。聂绀弩这样一个卓尔不群的人物，他的那些绝非寻常的资料，怎么就凑巧让我碰上了呢？既然到了我的手头，岂忍使其埋没丢失呢？仿佛"天降大任于斯人"，我意识到，必须将这个刑案实录公之于世，这是一件义不容辞的事情。

寓真先生以其职业优势和深厚的法律素养、深切的人文关

139

怀，在目前社会现状下最大可能地完成了对某些历史真相披露的使命，他的经验，对于当今大多数尚不具备相关法律风险意识的报告文学作家而言，弥足珍贵。

《广播电视大学学报》 2014 年第 3 期

聂绀弩张伯驹的独家稽考

谢　燕

文人作为民族文化的承载者,承担着文脉的基因传承、资讯储存,担负着民族内在生命得以绵延的责任。无论是聂绀弩,还是张伯驹,都是这样的"一介书生"

"核心提示"

前些时,山西省作协举行《张伯驹身世钩沉》一书的研讨会,山西省作家协会党组书记张明旺先生在会上说:"搜集独家史料加以稽考,揭示人物身世之谜,关于张伯驹的身世,寓真几乎将读者熟悉的部分全部省略,重点钩沉其'情曲微露'的东西,大多取自第一手史料,令人目不暇接。"

寓真先生是政法工作者,是诗人、作家,还是一名眼力独到的收藏家。近些年,他对聂绀弩、张伯驹的独家稽考,让人们认识到,他还是一位卓越的学者。

少年才子

少年寓真是长治二中的才子。

白君燕老师对他青眼有加，不仅因为少年寓真的文章入选《乡土教材》、全地区数学大赛他也能拿第一名，还因为他好读书。

长治二中的图书馆藏书几乎被他看了个遍。

一天，负责图书馆的白君燕递给他一本书："快放假了，你看看经典的大部头，拿本《石头记》吧。"

半个世纪后，聊起往事，寓真语气里满含对白君燕老师的尊敬，倒不是因为她出身世家、是白崇禧的侄女，而是她对自己读书的关怀和文学之路的指引。

时值三年自然灾害，物质上的极度匮乏和精神上的极大富足，相互映照着留在寓真的记忆里。这样深远影响了他的老师还有几位，比如语文老师陈封雄，其父陈衡恪是提掖齐白石的艺坛前辈，寓真回忆说："陈封雄老师风致儒雅，常听他说起他的家学渊源，尤其是他叔父陈寅恪先生的治学态度，使我闻教殊多。"

这些因为错划"右派"身份被下放到山西的老师们，给那一代的学子带去极大的人文滋养。他们身上隐现的传统文人风范，影响到学生的人生趣味和品格形成。寓真从那时起读诗、写诗，一直未曾中断。

案卷中的聂绀弩

2005 年,时任大法官的寓真翻检一页页刑事档案时,有一种说不出的兴奋和激动。"我立刻感觉到了这份档案资料的珍贵价值,那种兴奋的感觉,几乎像考古学家无意间掘出了一座古墓一样。"

他翻看的是诗人聂绀弩的档案。为的是解开 1976 年聂绀弩从临汾监狱被赦回京之谜。寓真想搞明白聂绀弩如何提前获释,才得以延续生命,完成其旧体诗诗集并出版,在晚年蜚声天下。

对于聂绀弩,他并不陌生。

聂绀弩是诗人,更是传奇人物。黄埔军校、莫斯科中山大学毕业后,担任过国民党中央宣传部总干事,因左倾被当局传讯,遂弃职潜逃,加入中国共产党。1949 年后,任过香港《文汇报》主笔、人民文学出版社副总编辑。1957 年被划为"右派",发配到北大荒,"文革"时被以"现行反革命"判无期徒刑,后移送到临汾监狱服刑。1976 年被释放时,聂绀弩已经是 73 岁高龄的老者。

通过几年间对档案的查阅,寓真不仅厘清了聂绀弩出狱的真实过程,还意外发现了他大量的狱中诗文,有些是一直沉没在案卷中的,无人知晓。

"聂绀弩先生就好像斜倚着坐在我的对面,我听着先生侃侃而谈,听着他的嬉笑怒骂,感觉着他犀锐的目光和频频挥动着的手势。"

寓真感叹，读懂了他这个人，才能读懂他的诗，也才懂得了他作为一个真正的诗人，与这人世间其他的人有何不同之处。

面对人生困境、苦寒劳瘁，聂绀弩显示出一种传统文人气质，这种常人无法承受之痛，在他笔下是"方今世面多风雨，何止一家损罐瓶"，他从自身苦难，推及天下每个家庭、每个平民，有多少人都是"风雨世面"中的苦难者。当被彻底平反后，他并未从个人恩怨出发而怨恨指责他人和社会，翻腾旧账，而是在生命最后的十年里，整理旧作，撰写新文，给社会留下一笔文化财富。

寓真说他敬仰这样一个有血、有肉、有骨、有魂的文化人，会为他激发内心的一种感动。这种情怀促使他多方稽考，写出了《聂绀弩刑事档案》。

书中大量笔墨勾勒"遗世诗，独立人"，从聂绀弩档案里的诗文中吹去陈年灰尘，露出往事峥嵘。与胡风、冯雪峰、丁玲、夏衍等文友的交往，民国思想家吴虞对他的思想启蒙，与陈毅、丘东平等新四军战友们的友情，人到中年的情感迷离，对《水浒》《庄子》的研究，包括他的家国忧虑情怀，都在寓真笔下娓娓道来。

"偶遇"张伯驹

寓真像是在历史的河床上挖掘一块块的人生矿石，质朴而纯粹。他去过北京、天津、南京、西安、上海等各地，不惜花费时间在档案馆的目录卡片里苦寻线索。

他说,上天厚待他,偏偏是他有这样的缘分,在查聂绀弩档案时不经意发现了又一宝藏,在卷宗中遇到一份"张伯驹身世自述"。

这份约 3000 字的毛笔手书,写于 1952 年初。繁体字,竖行,行书,用的是荣宝斋信笺。行笔自然,文字优美,一见之下,令人格外珍视。

透过人生,观照一个人的精神世界时,你会对这个人有特别的熟悉和亲近感,那是因为精神上引起了共鸣。张伯驹也给了寓真这样的一种感觉。

在多数人眼里,张伯驹以"民国四公子"之一的雅名、以收购国宝的大收藏家形象立世, 但在寓真眼里, 他还是一位顶级词人。寓真认为,大概由于文化断层已久的原因,当代人写的词多有词语生硬、意味贫乏之病,而张伯驹的词,可以读出古人遗韵。由对伯驹词的喜爱,到发现他的身世自述文字,这促使寓真以后更加注意搜求他的资料, 进而发现流行的很多书刊里对张伯驹有不准确的描述,寓真不由得想钩沉史料,稽考真相。

但他没有按传记的手法去写,而是着重写大家不清楚的、误传的部分。

比如很多书中讲张伯驹是一个文化人,是一个收藏爱好者,为国家做了巨大贡献,都是从爱国的方面讲,没有能解构他为什么会成为这样一个人。

原先张伯驹的父亲送他上过军事学校，他也在军队上担任过职务，是有过政治抱负的，后来为什么变成一个纯粹的文化人，寓真说必须从他的出身背景说起。书中详述旧式家庭对张伯驹的影响，用了近 80 页的篇幅。

历史造就了这样一个文化人，张伯驹不仅词学造诣很深，不仅是书画鉴赏家，张伯驹还是一个非常痴迷京剧的票友。1937年，他 40 岁生日时，经余叔岩倡议，为河南旱灾筹集赈济款，在北平（今北京）隆福寺的福全馆隆重组织了京剧义演。余叔岩、杨小楼、王凤卿、于连泉、程继先等同台演出，成为备受称赞的中国戏剧史上一大盛事。

这样的精神寄托，使他在 1957 年被打成"右派"，"文革"中再遭厄难时，能始终精神不萎，照旧于其中如痴如醉。

钩沉，不为猎奇

寓真写所谓民国四公子的来历；写张伯驹上海滩被绑八个月，始终不肯拿所藏赎人；写抗日战争时期他避难西安，"《平复帖》藏衣被中，未尝去身"；写其家庭烦琐的离婚分产官司，家产见底；写向国家博物馆捐尽所藏，沦为贫士……

钩沉，不为猎奇，不为讲几个不为人知的小故事补充谈资。这是寓真的原则。

1970 年，从东北农村回到北京的张伯驹，73 岁，和聂绀弩出狱时的年龄一样；不同的是，张伯驹北京的住宅已被抄没，没有户口，没有粮食供应。他给周恩来总理写信："薄薄大地，锥无可立！"后经周总理批示，受聘为中央文史馆馆员，始得落户。

以文物和艺术扬名天下的翩翩公子，变成了挂一虚名的散淡老人。"此一生如四时，饱经风雨阴晴之变，而心亦安之。"

寓真在档案中搜寻到的那些"交代材料"，既要应对政治的压力，又坚守着、不愿失去一个文人的信念和自尊，这是张伯驹的、也是聂绀弩的所有的"自白"书写的基本标准。

文人作为民族文化和艺术的承载者，承担着文脉的基因传承、资讯储存，担负着民族内在生命得以绵延的责任。无论是聂绀弩，还是张伯驹，都是这样的"一介书生"。无论他们个人经历了什么样的坎坷磨折，从他们的身上，让人领略到一种时代背景下诗性的文化精神，让人对中国现代史的文化和政治有了更深的了解。

我不知道寓真在稽考书写时，有没有从他们身上，看到当年"右派"老师们的身影，有没有以这样的稽考书写向老师们致敬的潜意识。

寓真说，他忽然觉得特别感谢当年的纪录者们，留下如此真实可靠的实录，不然，后人怎么能这么形象地了解当年的文人生态？他想，一定还有许多的档案无人问津，其中不乏更珍贵的材料，比小说家的虚构更为好看吧。

相关链接

聂绀弩微档案:

聂绀弩(1903年1月28日~1986年3月26日)原名聂国棪,诗人、作家、编辑家、古典文学研究家,因言论和诗词被加"现行反革命罪"服刑9年多后,于1976年获释。其作品《我若为王》选入人教版语文七年级课本。他是中国现代杂文史上继鲁迅、瞿秋白之后,在杂文创作上成绩卓著、影响很大的战斗杂文大家。在杂文写作上,用笔酣畅、反复驳难,在雄辩中时时呈现出俏皮的风格。

张伯驹微档案:

张伯驹(1898年3月14日~1982年2月26日),男,原名张家骐,河南项城人。生于官宦世家,与张学良、溥侗、袁克文一起被称为"民国四公子"。张伯驹是集收藏鉴赏家、书画家、诗词学家、京剧艺术研究家于一身的文化奇人,著有《丛碧词》《红毹纪梦诗注》等书。刘海粟曾说:"他是当代文化高原上的一座峻峰。从他那广袤的心胸涌出四条河流,那便是书画鉴藏、诗词、戏曲和书法……堪称京华老名士,艺苑真学人。"

《山西日报·文化周刊》 2014年3月19日

刑事手段内外有别

寓　真

记得 1985 年 1 月，彭真在上海召开的全国政法工作会议上，曾经讲到"内外有别"的问题。他说：内外不能混淆，处理内部问题与处理外部问题是不同的。政法战线总是要跟那些敌对势力、黑暗势力打交道。如果只用通常党内、人民内部处理问题的那一套办法，就对付不了它。必须用另外的一套，各种应该采取的方法都采用。你要侦查一个反革命对象，难道也事事跟他开诚布公商议，跟他同心同德吗？这是对外。对内就不能这样了，决不能把对付敌对势力、黑暗势力那一套用在党内，用在人民内部。

笔者在写《档案》时，反复思考过彭真这个讲话。聂绀弩被错划"右派"，遣送北大荒劳动两年半时间，回京后安排在全国政协文史委员会工作，任文史专员，1961年秋宣布摘掉了他的"右派"帽子。既然摘了帽子，而且担任政协的文史专员，应当属于人民内部，就不应该用对付敌对势力、黑暗势力的那一套来对付聂绀弩吧？然而，有关部门却就用了那一套办法，从聂绀弩交往的朋友中物色了两位先生，秘密搜集他的诗作和言论。王先生显然带有任务，专为刺探情况，花了一些酒饭费还要报告。另一位先生报送的材料数量更多，细密小字写有八九十页，但不像是举报的那种写法，倒有些像写日记，把每次的聚谈情形——记录下来，内容虽以聂绀弩为主，也常常言及他人，如实记述了当年的文人状态。

为说明问题起见，这里引用一段原始的报告材料，其中涉及田汉先生、吴祖光先生和评剧艺术家新凤霞、筱白玉霜，以及红学家李希凡、剧作家沈默君、电影艺术家李景波等，甚至有一些不够恭敬的说法，但都已经是过去的事了，料想名流高风，不会计较，不妨原文照录如下：

1964年6月9日下午。约李景波五时到北海公园茶座。他电话中说：聂也回来了，昨天到过他家他不在。我叫李约他一起到北海来，结果李于六时才到，抱歉说："睡过了时刻，只好一人赶来，来不及到聂家了。"

我同他一路上白塔，他在半路就喘气说不行了，要休息。我说："三年前在北大荒，那桦林比白塔高得多呀,当时还能上下自如,如今怕更不行了。"他说:"现在肯定你我都不行,要是现在让我到北大荒,那非送命不可,当时也死过多少人。妈的,也不知道什么大罪,把人磨折到这个田地!"

上了白塔,在茶馆里喝了些啤酒。他问我:"记不记得北大荒云山畜牧场那位场长?"我说:"记得,似乎是后勤部一位处长下放到那边去的。"李说:"不对,是公安部的总务科长,现在调到鸡西去当建设局长去了,请我吃过一顿饭,骂大街,牢骚很多。鸡西这些矿务局全部直属中央工矿部门,他那个建设局长啥事没有。他级别相当高,老婆也有工作,钱不少,老是喝得醉醺醺的就骂人。他是党员,又是局长,他敢骂,我可不敢奉陪,我还是在旁边劝他:'有些个别缺点是免不了的,整个社会主义建设是好的,一日千里的。'云云。现在做人,就该学得乖些。"

他问起我的薪水,我说:"还不是七十九块半。"他非常气愤说:"怎么就没加呀?"我说:"本来嘛,能够安安静静吃碗饭已经够好咧,同时我还不断写稿,只要我肯写,一个月一二百是不成问题的。"他说:"对!有这个路子,七元九毛钱也干。我看过你编的书,在你的名字上面加上一个人,我想这一定是有党票的人。我为什么这样猜呢?因为现在搞戏的人也是一样,明明是你编写的戏,总要在你头上加上一个'有票'的这才合适。"我说:"这是好事嘛,像你说的,明哲保身。我管的是标点、整理,将来出了政治问题,屁股打不着我,这不是好事吗?现在不止你学乖,我也学乖了。"他感慨地说:"是呀,像北京的李希凡,上海的姚文元这些人,像什么?一天到晚瞪着眼睛,手拿鞭子在吆喝着,就是国民党时代的特务一样。我每天晚上同白景晟(著名配音演员,电影杂志编辑)聊到十二点,他知道得太多了,他也劝我明哲保身。这人学问修养都很好。"

在路上,谈到中苏关系,他说:"这问题将来怎么发展,还有的看,我们等着瞧好了。"

我提起去年拍的《洪湖激浪》不能上演,表示惋惜。他说:"要是这个戏能上演,妈的,全是看我一个人的戏。那些年轻娃娃没办法,艺术没有高深的修养是不行的。我演的是一个国民党少将,走步路叫人一看就知道是个将军,这叫一举一动都有戏。如果公演了,肯定我在戏里面很突出,可惜得很。我已经同夏公(夏衍部长)约过,他答应约时间谈谈。我是想调到西安制片厂,不愿在北影,和他们的关系搞不好。"又说:"倒霉的是上演税又取消了,今后我本来打算多写脚本,来以前写了一个京剧剧本,他们给我油印出来了,我已送了一本给李少春。现在写剧本,除了得到剧团给你油印之外,啥都没有。"我安慰他说:"还是有稿费呀。"他说:"我了解了解,如果有,我还是写下去,专写现代戏,这玩意不难写。我有话剧经验,京戏我不外行,写起来总比别人像个样子。"

我提议去看聂,他说去看吴祖光。到了吴家已是九点多。新凤霞有客人,贵州评剧团的导演和两个青年演员来看她,演员都是她的学生,是路过贵州收的。凤霞送走了客人后说:"惭愧得很,都是正式鞠了躬拜的老师。"

我们先在院子里坐。他和吴谈京剧观摩,李问吴:"看了田老的戏没有?"吴说:"没看,但听说糟得很。"李说:"简直不通,不知怎的写出这么一个剧本来,什么'那地主心肠,有如恶狗',心肠毒,人家只比作毒蛇,怎能拿恶狗比做心肠毒呢?"吴说:"你还不知道,《剧本月刊》在他未写成时就向他拉了稿,后来一看实在不灵,为了照顾,就硬着头皮登吧。中宣部知道了,就给田老打个电话,说这个剧本发表了对他不好,请他考虑。于是《剧本月刊》就整个一期作废。这只有国家赔得起,如果过去私人办杂志,这不是赔光了还不够!这一期月刊脱期了,原因就在于此。"

我问起凤霞的病,吴说:"才出院几天,现在又得上戏了,唉!"我说:"为什么呢?"吴说:"她不上戏,剧团支持不了,要赔本咧!"我说:"不是还有个李再霞顶着?"吴说:"小白玉霜三年才演了八个戏,剧院里的意见很多,最近还开会整她,她的党籍有没有问题还不知道。说病嘛,还是有点病,逢人都说自己病,可是能吃能玩,就不能演戏,这不是怪事? 她最后一次结婚,是个开除了党籍的党员,一直隐瞒着,临结婚时才发现了,再霞还是和他结婚,可是结婚后,拉再霞的后腿,三个孩子吃再霞的。自己原先又瘦又癟,现在吃得白白胖胖。两人都不做事情。"

凤霞在客人走后,拉我们到客厅坐。她说:"听文联小杜说的,□□在新疆, 他老婆和一个外国人在卧室里。□□回来碰见了,没发作,老婆就打他,那个外国人还帮着打。□□算倒霉,真笑死人。"她又问李:"这次《自有后来人》为什么没有了编剧沈默君的名字,怕又出了毛病了吧?"李就把沈在云南和一个演员把县里的吉普车开去游山玩水,汽油用的是救火队的,结果失了火, 救火车开不出来等等说了一遍,说"帽子又戴上了"。

谈到男女关系,李又谈了一些新中国成立前在香港的事,脏臭不堪。然后吴说:"老聂有一个哲学,他认为夫妇白头到老是人生的大不幸。他告诉我说:'我自己过去做过些事人人都知道,我老婆做的事别人不知道，但我知道，这是毫无关系的，男人女人都有这个自由。'"凤霞说："你别替人宣传这些，多难为情呀！"吴说："聂自己到处向人宣传，这又不是冤枉他的。"

上面这段文字，是50年前形成的，白纸黑字写着。至于内容是否真实，姑妄听之。这种材料没有旗帜鲜明的政治姿态，没有那种勇于揭发、坚决斗争的咬牙切齿之状，也没有那种阿谀邀功的巧言令色。其为文平实自然，每让人生疑：这是举报吗？如果是为了完成某种写报告的任务，这种写法倒是很高明的，也算黠者所为吧。

我们要诘问的是：这份报告材料中所涉及的人，哪一个不是人民呢？哪一个属于"敌对势力、黑暗势力"呢？专政机关竟然用了特殊情报人员，搜集文艺工作者的日常谈话，这样的材料竟然进入了司法档案中，这还有什么人权可言，人民还有什么民主自由权利？可庆幸的是那样一个阶级斗争扩大化的时代过去了，而且我们相信不再会复返了。每想起那样一个风声鹤唳、草木皆兵的时代，都不禁让人不寒而栗。

其实，打这种报告的人，本身也是受害者。当时或许认为那是"组织需要"，即使有出卖朋友之嫌，也是"大义灭亲"之举；到后来难免要良心责备，尤其是在琐碎的情报中竟然罗织出了"反革命"证据，竟然导致朋友进了监狱，焉能不感疚负。然而，既是受命于组织安排，便不能轻易暴露，这大概是极其苦恼的事情。

155

即使到临终也不愿意承认,那也不只是为了个人的面子,而似乎是还在为组织保守秘密,其灵魂却是不安的。事情应该由组织来负责。组织应该向被举报的人道歉,也应该向被利用来写情报的人道歉;举报人和被举报人之间形成的误会,也应该由组织出面解释和疏通。组织没有做这些工作是令人遗憾的,人已作古,不说也罢,教训是需要记取的。

　　彭真那次讲话,至今已经近 30 年了。这些年间,"内外有别"的原则已经很少再讲, 似乎认为那已经不是问题了。笔者则以为,彭真当年不是无的放矢,他是有所指的,至今仍然有着警示的意义。记得彭真那段讲话的最后一句是说,内外混淆不得,"混淆了就要出大毛病,对我们的事业不利,自己最后弄得也下不了台"。聂绀弩被打成反革命这件事,确实使原来搞材料的机关"下不了台",最后也没有人站出来承担责任、澄清原委。但愿这样的乖谬昏聩的事情,今后不再发生了吧。

《法治文化论丛》 商务印书馆　2014 年 11 月

法治文化丛谈

禹 � 著

商务印书馆
The Commercial Press

《法治文化丛谈》评论

弘扬法治文化　筑就精神高地

少勇　德坤

《法治文化丛谈》赏析

"法治文化"是一个内涵丰富的概念,包括法治精神意识、法治规范制度、法治行为方式和法治物质载体等多个方面的内容,因此,对"法治文化"的阐述,既要做到高屋建瓴,提要钩玄,又要做到论述细致,史料翔实。从这个标准来看,由商务印书馆出版的、李玉臻老院长所著的《法治文化丛谈》充分反映出作者对法律的忠诚感,对法律文化的责任感,是一部谨严厚实的论著,无疑为中国法治文化建设发展留下浓重一笔。

本书逻辑谨严,文风庄重,分上、中、下三辑共28篇。上辑7篇着重阐述古今法治文化在时代变迁中如何传承创新:开篇《何谓法治文化》统领全书,宏观勾勒出本书阐发的理论基础;《古代法治文化之光》和《清代司法案例浅析》则探究了古代传统文化中法治思维的萌芽以及清代司法案件中我们可资借鉴的法治经验;《精神文明与民主法治》《宪法与法治文化》《建立市场经济的法律机制》三篇侧重贴近现实,以点带面;最后《往事钩沉中感悟法治》追古溯今,抒发喟叹。中辑 11 篇是关于山西近现代法治历史的概述,作者旁征博引,条理明晰,梳理出一条山西地域内法治文化的流动脉络,也使读者在阅读中不局限于地域,管窥到中国近现代法治文化的面貌。下辑为作者从事政法工作数十余年的心得体悟,对法治文化如何融入审判实践提出了建设性观点,体现出了法律的真谛是实践的光辉,也反映出我国司法工作中民主法治的前进轨迹。整部作品融汇古今法治文化,行文简洁清晰,折射出一个洞悉法治发展规律的法律人对其研究对象的深刻关切和卓异理解,给人启迪,引人深思。

法治文化建设再思考

捧读寓真先生关于法治文化的论述,深深折服于著作文气的新鲜生动、著者学术精神的坚实与通透,也触发了我对法治文化建设的几点思考。

这些年来,我国法治建设取得了举世瞩目的成绩,公民的法治观念和法律素质明显提高,社会的法制化管理水平显著提升,通过法治宣传教育,积极推进法治实践,全社会已经形成了崇尚法治、努力维护法律权威的良好氛围。但法治文化建设并不在一朝一夕之间,而是一个社会意识艰难更新的过程,自然会面临着不少困难。

一是文化冲突。众所周知,中国的法治建设是在一个法治文化传统非常薄弱的国度里进行的, 虽然此书上辑中作者罗列了中国传统文化中许多民主法治的原始因子, 打消了人们惯常认为的中国封建社会没有法治思维的误区,但我们必须承认,长期的君主专制和历史惯性使民众的法治自觉十分缺乏,等级观念、中庸态度、官本位思想、"权大于法"等落后观念依然在人们心中根深蒂固。另外,近现代以来,我们国家的很多法学概念、法学理论以及法律制度均借鉴西方文明,古今文化的观念差异、中西文明的价值相悖,致使我们在推进法治文化建设的过程中,仍然存在着诸多与现代法治精神不相和谐的矛盾与问题。

二是现实困境。当前, 我国正处于改革的深水区和攻坚阶段, 正处于司法体制改革的关键时期, 正处于党风廉政建设、反腐倡廉的攻坚时期,纷繁复杂的经济社会发展形势、实用主义泛滥的价值观念以及层出不穷涌现出的损害法律尊严的不公正事件使人们处于焦虑中,缺乏一种必要的理性思考和价值精神,也动摇了对法治的信任。虽然我们已经踏上了追寻法治文化的探索之路,但现实情况是制度很好,运作不佳;规定很好,执行较差;虽有良法,却没能得到很好的实践,这不仅抵消着法治宣传教育的实际效果,而且在不同程度上,影响法治文化建设进程的推进。

面对这些困难,在当前如何推进法治文化建设,汲取作者书中的观点,结合本人的法院工作实际,提以下几点建议。

一、从传统文化中汲取法治文化的精髓。

文化是维系一个民族情感认同的底蕴,我认为,要建设根基牢固的法治文化,必须从传统文化中汲取养分,精心培育。灿烂的中华五千年文明中,我们既有从先秦时代就萌发的"仁政""民贵君轻"等民主思想,也有具体的立法和法典编纂,更有无数清官廉吏留下的具体的司法案例资料,这些无一不是我们宝贵的文化财产。如在《清代司法案例浅析》中,作者列举了四件驳案,通过对古代判决书的研读解析,感受古代对于罪刑法定的精益求精、反复推敲,对于完善法典的努力和有效司法监督的强大作用。

二、在与时俱进中推动法治文化建设的步伐。

赏读寓真的书,总是感叹作者很多具有预见性的真知灼见:如在1992年的讲课提纲《宪法与法治文化》中,提出"将宪法节、宪法纪念日作为全民的隆重节日",这正与2014年12月4日的第一个国家宪法日相吻合;再如,下辑的很多论文,作者在上世纪90年代就看到了很多旧司法体制的弊端,提出司法独立等在当时先进的理念,无疑又契合了我们当下正在进行的司法体制改革。我们现阶段提出促进法治文化建设,同样也要做到既具有前瞻性,又具有时代性。这就要求我们必须与当下的国情世情结合起来,与国家的大政方针结合起来,与实现中华民族伟大复兴的中国梦结合起来,与十八届四中全会关于"全面推进依法治国,以建设中国特色社会主义法治体系、建设社会主义法治国家为总目标"的相关论述结合起来,与正在进行的司法体制改革结合起来。只有紧跟时代发展变迁的步伐,与时俱进,我们的法治文化建设才能促进社会发展,才能不断渐行渐远。

三、因地制宜弘扬法治文化重塑山西形象。

书中的第二大部分是关于山西地域法治历史的整合,其中,《解放区的法治文化建设》详尽介绍了在特殊年代、特殊地域,我们党为促进解放区的民主政治所付出努力:制定社会政策、社会管理、教育、财政、实业方面的各项规章制度、开展司法工作以及完善监所的建设等措施,鲜明反映出解放区的社会现实和战争年代的政策特色。这就给我们带来启示,即法治文化建设一定要结合实际,因地制宜。

中共山西省委提出,要弘扬山西源远流长的法治文化、博大精深的廉政文化、光耀千秋的红色文化。山西历史上,法治文化光辉灿烂,历朝历代山西籍人士中不乏推动民主法治的清官廉吏。革命战争年代,山西也铸就了荣耀辉煌的红色文化,这些都可以成为我们山西法治文化建设的资源。

四、长效监督为法治文化发展保驾护航。

法治文化的繁荣,必然包含良法善治的完备,包含监督机制的健全。作者在《山西民国早期的法律宣传》一文中,介绍了民国时期法律宣传的各种途径,其中,提倡'村村无讼'、颁发《人群四害驱除法》、推行"人民监政"的措施使人印象深刻。提倡"村村无讼"意在通过宣传消除人民好讼观念，倡导礼让仁和的社会风气，并通过健全调解委员会、调解村民争讼，解决纠纷，减少诉讼；《人群四害驱除法》中将贪官分贪财、贪功、贪逸、贪权、贪利五种，污吏分为不事事的、有嗜好的、违抗要公的、怠于宣告经费状况的、懦弱的、强横的、狡猾的七种，只言片语就尽形刻画了贪官污吏的种种肖像，对我们当前的反腐倡廉和专项整治活动具有教育和推动作用；推行"人民监政"则畅通了民众参与政事的渠道，一定程度上也利于司法公正的推行。以上诸多措施，都从不同角度揭示了健全法制、建立多方监督特别是群众监督机制的重要性。

五、让"法治中国""法治山西"深入人心。

卢梭曾说：一切法律中最重要的法律，既不是铭刻在大理石上，也不是铭刻在铜表上，而是铭刻在公民的内心里；它形成了国家的真正宪法；它每天都在获得新的力量；当其他的法律衰老或消亡的时候，它可以复活那些法律或代替那些法律，它可以保持一个民族的创制精神，而且可以不知不觉的以习惯的力量代替权威的力量。这就是说民众的参与关乎法治建设成败，法治也只有在全体公民主动参与的基础上才可能真正实现。由此，我们应该大力开展政府主导、各种社会力量广泛参与的法治宣传教育，以山西法治文化建设研究会为平台，精心设计法治文化载体，全方位部署，多渠道进行。

在太原东山绿妮诗文化广场和太原盛科城郊园林分别建立

法治山西、法治太原法治文化建设研究基地。并在全省各地市及大型国有、民营企业成立山西法治文化建设研究分会,同时依托长廊、大院、广场、公园、社区等再建设一批法治文化发展示范点,扩大法治文化研究的阵地;组织创作推广一批法治题材的文艺作品,同时推出法治文化诗词歌赋、书画、展览等活动,寓法治精神于群众喜闻乐见的艺术形式;邀请国内外知名专家学者,进行法治文化建设专题研讨和论坛;与媒体进行合作,利用报刊开设活动专栏,也通过微博、微信等新媒体设置普法宣传讲座、法治事件解读等群众性法治文化活动,营造浓厚的法治文化氛围。惟其如此,多管齐下,我们的法治宣传教育才能深入持久地发展,"法治中国""法治山西"的理念才能深入人心。

综上而言,法治文化建设其内涵之丰富、情怀之悠远,正如寓真多年前为省法院新楼所题的联语:"庭园秀色皆似有情物,河野风光更期无讼时"。

社会主义法治国家的建立,需要法治文化来滋润,需要法治文化作支撑。法治文化建设任重而道远,以上仅是通过阅读《法治文化丛谈》和结合自己工作实际写出的点滴思考,愿与法律界同仁切磋交流,互勉共进。

《山西市场导报》 2015 年 1 月 22 日

山西法治文化及其本土资源

——读寓真《法治文化丛谈》有感

范晓军

孤陋寡闻如我等晚辈，竟不知寓真这位耕耘山西政法系统三十余年的学者型官员，幸得路德坤副院长赠书，我才有缘拜读了这本《法治文化丛谈》。全书以一个法律工作者的视角透视了中国传统的法治文化，更难能可贵的是作者能够俯下身子寻觅关于山西法治文化的点滴印记，所用资料多为绝版古籍资料或判决档案，实属难得。作为掌舵山西省高院近二十年的院长，寓真是山西现代法治发展的见证者，参与者，决策者，他深知山西法治发展的脉络和困境。我们从这本书大致可以看到他的所思所想，如今离任山西省高院院长已有八年，他对山西法治发展依然念兹在兹，心怀感念。这本《法治文化丛谈》既有他的近作，也有十几年前的旧作，文章时间跨度之大，实为考察山西法治发展历程不可不读之文献，放在当今司法改革深入推进的语境下，更具现实意义。

从这本书的章节结构来看,上辑概览古今法治文化,中辑聚焦山西近现代法治历史,下辑收录作者在任期间发表的论文。笔者将此书的关键词概括为两个:法治文化、本土资源。法治文化是贯穿全书的主线, 全书的立论基础就在于用法治文化破解现实困境以及寻找支持司法改革的文化基因, 而本土资源所指的是自足山西本土法治历史文化,探寻山西司法运行规律,为山西司法改革对症下药。

法治文化

何为法治?亚里士多德的论述极为精辟:法律得到普遍的服从,而大家服从的法律又是制定得良好的法律。法治概念产生于西方,受到西方"契约社会"的青睐,而中国传统社会是农业社会,人们以血缘或地域为纽带而建立社会关系,在这种"人情社会"中,大家倾向于用道德、伦理和礼俗的内容处理关系、解决纠纷。"刑不上大夫,礼不下庶人"恰如其分地说明法律是等级分明的,我国古代虽没有法治,但不能就此认定没有可供借鉴的传统法律文化。寓真在书中告诫我们:"当我们正在走向现代法治社会的时候,发掘传统法律文化,发现古代法治思想的理性之光,应该说是十分有益和十分必要的。"

法治文化这一概念的内涵极为丰富,大到囊括法治的理念、治国的方略、法律的制定与实施,小到投射每一个执法者的品质与形象。如何深入了解我国传统的法治文化呢?寓真给我们提供了很好的范本,比如在《清代司法案例浅析》一文中,作者通过研究清代《驳案汇编》,展现了清朝山西发生的四起疑难案件,并得出"清代依例判案,体现罪刑法定原则"等三个结论。

本土资源

法治的现代化不仅仅需要改革的外力的推动,更需要深层的本土资源支撑。建设法治首先碰到的问题就是如何看待我们的出发点——如何认识和利用所谓本土资源问题。本土资源论是北大教授苏力在其著作《法治及其本土资源》中提出来的,他的方法论基础是运用"地方性知识"建设法治。而寓真无疑是本土资源论的践行者,他在《法治文化丛谈》中辑中考察了山西近现代法治历史,从历史传承的角度向我们展示了山西丰富的法治本土资源。

在实现法治的过程中,我们往往只注重了自上而下的立法而忽视了隐含在社会生活中的民族、地方、文化特征,只注重了大量西方法律制度的移植而忽视了不同文化、文明、价值取向之间的差异。我们应认识到,这些制度、规则真正成为人们的行为标准、模式还需要一个漫长的过程。不可否认,寻找最合乎中国国情民情的有本土生命力的法律规则,是一件旷日持久艰难无比的工作。作为新一代的法律工作者应当向寓真学习,积极研究和挖掘山西本土的法治资源，以促使山西的司法改革目标早日实现。

《山西市场导报》 2015 年 2 月 5 日

《读印随笔》评论

文化人志在气节

苏　华

　　1943 年，左翼文艺的重要领导人之一冯雪峰从江西上饶、福建建阳徐市集中营以治病为名保释出来后，暂住浙江丽水养病。抗战时期重庆国民党浙江省党部机关报《东南日报》(丽水版)主编兼编副刊"笔垒"和"周末版"的金瑞本(浙江金华人，1906—1943)在病重期间请冯雪峰代编"笔垒"，并每天撰写一篇短评。在代行副刊主笔的短暂时间内，冯雪峰写了《节与志》等十几篇杂文。1944 年，冯雪峰将在丽水期间所写杂文，以及 1943 年 8 月到达重庆后所写《论士节兼论周作人》等二十多篇文章汇在一起，辑为《乡风与市风》，于 11 月由重庆作家书屋出版。冯雪峰的这两篇论"文人气节"的杂文引起时在西南联大朱自清的注意。虽然早在司马迁时代，就已出现"气节"一词和以志气、节操知名的人物汲黯，但在冯雪峰这两篇专门论述"气节"的文章之前，还没有一篇专论"气节"的古文和白话文的文章出现。于是，朱自清接着冯雪峰的这一话题，在 1947 年 4 月中旬用了两天时间,撰写了也许是中国第一篇全面论述什么是"文人气节"的文章——《论气节》(《知识与生活》第二期,1947 年 5 月 1 日)。

何谓"气节"?朱自清总结道:"气节是我国固有的道德标准,现代还用着这个标准来衡量人们的行为,主要的是所谓读书人或士人的立身处世之道。"对于《辞海》《辞源》中的"气节"是指"志气和节操"的释义,他给予更为明确的阐释:"气是敢作敢为,节是有所不为——有所不为也就是不合作。"在"气"与"节"上,哪个更重要些?由于朱自清所处的是"专制时代",所以他认为士人的立身处世就偏向了"节"这个标准:"在野的处士可以不受君臣名分的束缚,可以'不事王侯,高尚其事'……'躬耕'往往是一句门面话,就是偶然有个把真正躬耕的如陶渊明,精神上或意识形态上也还是在负着天下兴亡之责的士,陶的《述酒》等诗就是证据。"

以《聂绀弩刑事档案》《张伯驹身世钩沉》和《六十年史诗笔记》闻名于文坛的寓真先生,在其所著《张伯驹身世钩沉》一书中的第十四章"终于成了无产者",对冯雪峰和朱自清"论文人气节"之文曾有阐述。他说,按照两位先生的分析,笔者认为:聂绀弩的"士节",最终成为"接近人民的叛逆者"了;陈寅恪则是傲立风霜的"清高之士";张伯驹亦有他坚定的人生态度,却似乎介于"忠节"和"高节"之间的。"心存君国"是儒家的思想文化传统,杜甫"每饭不忘君",历来受到文人的褒扬。忠臣体国,忧国如家,义兼家邦,匹夫有责,这样的一种儒家文化,应该是张伯驹的爱国主义情操的根源。他捐献古书画，"但愿永存吾土"的思想，并不是凭空而来的，那是扎在他心底的一种传统的爱国情操所致。

寓真就是一位介于"忠节"和"高节"之间的隐逸之士。

2010年前后，他在山西晋城一古物市场偶见一纽寿山石印章，篆文，刻陶渊明《饮酒》第五首诗句："此中有真意"，甚洽他意，于是购下。回来后细看边款"丁未九月，石谷治印"，才惊识这是清初山水画"四王"之一王翚所治之印。但他也怀疑：江南常熟王翚的这纽印章如何流落到太行之西这偏僻之地？难道此印是赝品？然而细研，其文字结篆盎然有古意，从石品、刀品整体观之，均不似近人所作。到底是真迹还是赝品？因爱陶渊明诗，此印是否为王翚真迹，他也不再辨伪识真，更不想找"鉴宝"专家进行一番鉴定，因为"此中有真意，欲辩已忘言"了。

这件事、这种寓意被寓真写入了新著《读印随笔》（三晋出版社，2015年9月）"代序"之中，"代序"又以这纽王翚所刻陶渊明诗句"此中有真意"代之。我理解，陶渊明的"真意"就是"蕴真"，"蕴真"是一种心境，也是一种寓象。谢灵运在《登江中孤屿》诗中有"表灵物莫赏，蕴真谁为传"句。"蕴真谁为传"是说已没有多少人去传述对人生真正有用的文化了，那些无所真，有所真；有所真，无所真；都不真，都真等等玄之又玄、神之又神的文化怪论，遮蔽了人们的眼睛，不知什么是归真返璞。将这两句诗联句，就是："此中有真意，蕴真谁为传。"寓真在其新著所表达的"真意"，我以为就是想传递中国古代文人的杰出典范陶渊明的"浑身静穆"之气节，"蕴真"的是文化人应该具有的纯粹飘逸之人格，体现出来的是只有长期阅读，才能积累下应有的文化修养；只有回归到真正的传统文化，才能有"天月明净"般入世的思想境界和分得清"清浊"的做人为文的尺度。

《读印随笔》的这种"真意"，在书中频频出现。

2005年12月，寓真访问日本埼玉。归来时途经韩国，在首尔街头随意走进了一家古董小店，竟发现柜内有数方国人篆刻的印章。其中一纽为中国现代思想家、理学家，新儒学的代表人物之一马一浮的印章，印文为"山水得清风"。他觉得马一浮镌刻的这方闲章，既是一种高士的境界，又是崇尚君子品德的一个座右铭，文款皆佳，价钱亦不高，便当即买了。随后，他又细细品藻道："'清风'一词，并不只是指清爽的自然风，在我国传统文化中，清风有社会风化的意义，有人格修养的意义。就人格修养而言，清风的含义为廉洁、高尚、超逸，清风亮节是历来士大夫所推崇的人品德性。山水既然能够给人以清风，使人品性敦美，那么，山水也不只是自然风光，传统文化已将山水人格化，使山水含有德性。涵泳在青山绿水之间，人的灵魂受着自然的德性濡染，达到修身养性，敦品励操，而将尘俗不洁的东西一洗而净。"（《读印随笔》之三十五《汉城偶得马浮印》）

《第一功名只赏诗》一文，寓真从清代篆刻家黄学圯的一纽遗印和司空图的诗句"第一功名只赏诗"说起："中国的读书人，从来都是怀着修身、齐家、治国、平天下的理想，而踏上科举之路。然而,很多人却又由入世主义,转而成为出世主义,淡泊功名,藐视公卿,或息影山林,访仙修道,或沉醉于琴棋书画,诗酒风流。有的是科举不利,累试不中;有的是仕途多蹇,宦海沉沦;有的是愤世嫉俗,不满于官场污浊,甘愿辞官归隐;有的是遭遇家国事变,社稷颠覆,只得逍遥世外而苟全身家。无论怎样的情形,他们以自身的生命体验,在出世与入世的比较中,总会感悟人身自由的可贵,'第一功名只赏诗'这个精湛的诗句,于是也就得到了大家的共鸣。"

《读印随笔》中有一枚双面的小印:阳面为"栅子文",阴面为"纬丝文",印文都是"医俗莫如读书"。寓真自承印材不佳,且已残破,字迹有损,在市场上半文不值,但他对此印却是爱不释手,除了其出格的篆法,主要是喜其"医俗莫如读书"一语,所以引得他经常品味和思索。在《医俗莫如读书》一文,他借东汉周举"吾时月不见黄叔度,则鄙吝之心已复生矣"之语,以及《世说新语》王子猷暂寄朋友之宅,便令种竹的人格化之事,直言不讳地说:"医俗是先前读书人的一个自觉的人生追求……联想到我们当代官员,忙碌于文山会海之中,大多不读书,更不读古人书,因而俗吏居多。我们确实应当提倡腾出闲余时间来好好读书,以'与诗人坐卧',与文章逸才打打交道,以能医俗。俗而不医,如何能真正为人民服务?那些劳民伤财的'政绩工程'便是一代俗吏的见证。"

面对出自诸葛亮《诫子书》"淡泊明志,宁静致远"的一纽白文方章,寓真更是直言:"现在经常见人们请书法家写了'淡泊明志,宁静致远'的字幅,悬挂于室内。但要真正去领悟这两句话的含义,真正向着那样一种人生境界去修养,却是很少有人能做到的。"(《读印随笔》之七十七《静以修身,俭以养德》)

目下的诸多官员不但不知何谓"山林士胸怀庙堂,轩冕客志在林泉"的真意,甚至连"人间清福第一"、"闲就是福"都不知道了,成了"官癖"。寓真引夏衍刊发于1943年11月21日重庆《新华日报》的杂感《日曜漫笔》二则之一,来说明这些"官癖"的心径和路数:"向来的士大夫,在野的时候,临场赶考,钻营巴结,一心但求做官,以享其富贵;而既到在朝的时候,则又随时表示'志在山林','浩然有归志',以示其风雅。不料这套玩意儿至今仍为歌功颂德文章中必要的装饰,难道中国的社会竟没有变吗?"对夏衍七十多年前提出的"难道中国社会竟没有变吗?"寓真说:"现在倒是可以回答了。今天的士大夫们在朝的时候,绝无'志在山林'的思想,也不'示其风雅'了,及至退休的时候还不能甘心,退休以后仍然要'发挥余热',以种种方法干预时政。中国社会的这种变,难道就是夏衍先生当年所希望的吗?这样的变,反倒不如不变的好。社会信息日益复杂,生活节奏日益加快,人心日益浇漓薄情,一切都被卷入滚滚红尘中,卷入无休止的奔波和竞争中,难道人们到了疲惫不堪的时候,还不想清闲清闲吗?到了这种时候,不妨回过头去学一学古人,学一学先前人们那种清福的闲。"在规劝一番之后,寓真对这种"官癖",还有一句终于看透了

的妙言："死了都不清闲,何况活着的时候。"(《读印随笔》之八十二《人间清福第一》)

寓真曾说,若论他的写作,最好的还是诗,是旧体诗。我读过他早期《四季人生——寓真抒情诗选》《寓真绝句二百首》《寓真词选·寓真新诗》,更读过他退休以后学陶渊明、王维、杜甫、聂绀弩,所成五绝、七绝、五律、七律自印本《晚籁集》,对集中针砭时弊,痛恶价值错乱、邪气罡风的诗作,感佩莫名,故对他"以诗读印"的情志,并不感到惊讶。但他说出"篆刻家喜爱将诗歌文学的佳篇名句,或是自己创作的精言萃语,镌刻成闲章。这些闲章,表达着印人的感思情趣,融结了印人的文心诗肠……中国文化从根本上看,是诗的文化。即使是方寸之小的印章,寥寥几个篆刻的文字,也使我们能以感受到古典诗歌不灭的光芒",还是让我深深震动了一下——这种印学概论,只有"文化通人"才能无量无垠地道出。拍案之余,只是觉得在这个一切皆有可能发生的大变局时代,这种"爱古、崇古、摹古"的抒发,是不是能对现世文化人有所启示,我尚存疑。因为在历次政治运动和"文革"成长起来的两代文化人,多少已经没有了"气节"一词的概念。诚如黄学圯镌治的另一纽印章所叹:"学到古人难!"饱读四书五经,考据名家辈出的清时代的人都觉"学到古人难",何况当今乎?

2015 年 11 月 3 日

拓开万古心胸

苏　华

寓真先生的新著《读印随笔》(三晋出版社,2015年9月),所涉明清印章三百多纽，以及为数不多的明以前及入民国后的文人篆刻。这些印章多是经年累月在古物市场上的地摊所得,因而他有为这些印章"立法"的解释权;又因价格低廉,不入某些收藏家"银眼",所以他也不以印章收藏家倨傲,而是围绕这三百多纽印章,以诗赏印、品印,撰出了九十余篇随笔,稽考了印章和其主人的历史遭际,安置了人生无常,金石长寿的文心诗肠,感悟了"世说新语时代"阮籍、嵇康、陶渊明等文化人的人格立场,并且对现世"居心不净"、"世情未尽",一味"汩其泥"的所谓文化人奔走于利禄,追名于权力的丑行,以陶渊明的平淡却始终有深味的另一面"猛志固常在",进行了猛烈地讥切和诋排。

《读印随笔》将页面分割为两部分,上部为印文和释文,约占三分之一, 可视为寓真所藏印谱, 其中既有不为人知的印人印章,亦有文彭、汪士慎、郑板桥、李方膺、高凤翰、杨璇、伊秉绶、杨守敬、吴熙载、汪鸣銮、王禔、高野侯、屠倬、梁光沂、郭麐、金士鋐、潘祖荫、赵烈文、黄仲则、叶昌炽、赵叔孺、齐白石等名家的作品；下部为读该印和组印的鉴赏随笔。

由于寓真所得印章，大部分是从名闻遐迩的太原南文化宫古玩集市所得，所以即以《在地摊上寻觅文化》一文开篇。寓真在这篇随笔中，道出了跑地摊的真意："悠久而醇厚的山右文化，近代以来遭遇是很不幸的。战争的惨烈重创，以及随后频繁的政治运动，使文化艺术的传统经常弃之如敝帚，遗世的图书文献、书画作品损失甚多，篆刻之类更是无人看重。现在还能见到的山西前贤的篆刻作品，实在已经寥若晨星了。"

前贤的篆刻作品为什么会寥若晨星？他在《此乃常赞春之印乎》一文中有所揭示。一次，寓真从地摊买到常家庄园曾经的主人之一常赞春所刻两纽印，印文一是"一指禅"，一是"指头化身"。现在已是大名鼎鼎的常家庄园旅游的一时隆兴，却令他高兴不起来，他"可惜的是常家的图籍、书画、诗文作品都已失散，空荡荡的建筑物让人甚感凄寥。山西对于文化遗产的整理与研究，可谓荒疏久矣。经过历次政治运动洗劫之后，那些被视为'封建''反动'的传统文化遗物，哪里还能保存下来？常赞春即使镌过许多印章，大概早已变为碎石，抛到垃圾堆里去了。上面说到的两方小章，姑且视为常氏之物，留作纪念可也。"

在《青山绿水共为邻》一文中，寓真还讲出了另一种印人印章无可考的情况。他收有祁县人刘伟所刻两纽印，一纽印文为四行、二十字:"昭馀刘伟、字续甫、号水翼、别号五癖道人、生于戊寅;"顶款镌诗句:"青山绿水共为邻。"另一纽有朱文七字:"青山绿水共为邻。"诗句出自唐代李嘉祐《晚登江楼有怀》。这两纽篆刻,寓真觉得其人略有才气,边款也刚劲有力,书法似从欧虞圭臬中来。但除了这孤立的二印,再没有任何史料证明印章主人是什么出身,做什么的。于是,他感叹道:"许多文化人原来属于富人阶级,属于革命对象,当年阶级斗争中很少顾及文化的保存和惜护,后来也没有再对那个旧时代的文化采取过整理、挖掘措施,所以形成了断层状态。我们至今没有看到一部像样的山西美术史,即使现在来编纂,恐怕资料荒坠,有心人也只好望空兴叹了吧。"

也是在《在地摊上寻觅文化》之中,寓真还道出了与大多收藏家不同的价值趣味:"对于印章的收藏,大多藏家眼中看的是石材,田黄当然是稀有之宝,其次便是昌化鸡血、寿山芙蓉,青田石则要灯光冻、封门青,那都是一些昂贵的品种。笔者所收藏、看重的是篆刻艺术,名家固然可贵,即便不是名家,好的篆刻、精美的文字也是弥足珍贵的。没有名款的章子,加之石材较差,得来自然便宜,那几年大抵是几十元的价格。只要篆刻好,越是花钱少,越让人欣慰,一些过去民间人士镌刻的印章也往往耐人寻味。"不重印材,不重是否名家,不入流的民间人士镌刻的印章也往往耐人寻味,花钱越少越让其感到欣慰。这"三不一少",是寓真为自己定位的文化标准,亦是一种超凡脱俗的艺术视野,更是一种独具一格的收藏境界。正因为有这种文化标准和艺术视野及收藏境界，所以他才在地摊购得乾隆庚辰科（1760年）举人，霍州学正，山西壶关人王奇士的一组印章。王奇士其人其事，其故里无任何记载可稽，寓真也只是在徐世昌主持编纂的《晚清簃诗汇》里知道他有《东崖诗草》。在读了《晚清簃诗汇》所选《秋夜》，以及《云中古代诗集注》中的《送郎地山学博之任大同》，才为其才气所动，由是记住了太行山里的这位奇士。就在他感叹王奇士的诗文墨迹可能湮灭殆尽之后的一天，竟然在地摊上发现其自篆的一组八纽印章，这真如《世说新语》记简文帝入华林园，环顾四周然后对身旁的随从说："会心处不必在远，翳然林水，便自有濠、濮间想也，觉鸟兽禽鱼自来亲人。"在随后的赏会印文过程中，寓真选出五纽入书：一、二为对章，白文为"王奇士印"，朱文是"法庵"。均是边长4.2厘米的较大方章。三是"王奇士印、法庵"，为双面印，白文印，四角留红，布局颇佳。四亦为双面印，白文"东崖奇士之印"，朱文"翰墨可以适情"。五为朱文别号印："东崖主人"。与一般藏家不同，寓真对所收这些印章下了很大的功夫，已达从诗文、书法、历史、印章技法进行鉴赏的境界。以下这段文字可证其水准："除一方闲章之外，其他为名、字、号。其篆法不一，大章尤其粗犷，白文用了破笔法，朱文用了斑铜法，在乾隆时期的印章中，像这样苍健的篆法并不多见，似乎拙有过而巧不足，反不如他的小章雅秀。'东崖主人'印，左虚右实，'人'字形成虚角，可谓别具匠心了。"

谈印学,非要有深厚的古诗词功底和书法基础不可。寓真生于上世纪四十年代,按时代论,他的蒙学,已过了熟读四书五经和唐宋元明清诗词的年龄。然而,事情往往有偶然。当他入读长治二中时,遇到了两位因犯了"错误"被下放到太行山红色革命根据地来进行改造思想的恩师。一位是上世纪二十年代北平画坛盟主陈师曾幼子,毕业于燕京大学新闻系的陈封雄(抗战时曾任重庆《国民公报》记者,1949年,先后任新华社英文编辑和《人民日报》国际部高级编辑),一位是出生于北平,肄业于中央大学的陶詝(抗战胜利后曾在《大公报》《南京晚报》任编辑,新中国成立后,被所在单位怀疑为中统外围组织成员,于1954年被发配到长治)。陈封雄教他读书宜博,一次从北京探家回来后,还把在西单旧书店买的一本《论衡》送给他。陶詝则教他精通古汉语,背诵唐诗。他还临过黄庭坚的诗帖,读过高凤翰的书法帖。再加一种"颠来倒去,全不害心烦"的入魔功夫,他的《读印随笔》便与市面上诸多"印章鉴赏"和"篆刻艺术"之类的书籍大不相同。

十多年前,寓真在某收藏杂志上,看到一篇介绍康熙进士查升一纽闲章的短文,该文作者不知印文"行藏独倚楼"是出自杜甫《江上》诗句,故把"行藏"二字误解为"行去",并解释说,这首诗是写"闺房女子"、"胭脂气味"的。寓真认为"行藏独倚楼",是杜甫这首诗中意蕴最深的一个警句,每被后来文人引用,借此感怀世事,旷然自慰,误解为"行去独倚楼"便不知所云,更会以讹传讹。于是致函该刊编辑部,指出其谬误,并说:"艺术品收藏中发生辨识错误也是常事,这就需要我们学习历史和文学知识,遇到问题精心钻研。我爱好收藏明清篆刻,颇愿与同好友人交流联系,相互切磋为乐。文玩收藏可以陶冶性情,可以寄托胸襟。我们虽然比不上伟大诗圣'时危思报主,衰谢不能休'那样的雄宕志操,但也曾经有过丹心热肠,现在耽于文玩收藏之中,又何尝不是一种'行藏独倚楼'的心境呢?"事后,他在平遥街摊遇到一纽小牙章,印文即是"为人性癖耽佳句"。于是,他慨叹道:"而今对着'为人性癖耽佳句'这枚小章,不禁有感于愈益浮躁的风气。诗文笔墨泛滥,而品质日下,文物收藏界也几乎完全商品化,很少有人去深入研味历史文化的精髓。处在假语村言、尔虞我诈的情境下,最令人企慕的便是那种绝不人云亦云的'性癖'的人格。我们不能只是'行藏独倚楼'了,而是应该让'为人性癖耽佳句'的杜甫精神光大起来。"这事,寓真写在《为人性癖耽佳句》一文中。

八九年前,在北京某个拍卖会上,出现了一对芙蓉石旧印,制作足够精良,但是因为篆法奇异,印文难辩,无人竞拍,寓真买下了。一纽印文为:"风飘飘而吹衣",语出陶渊明《归去来辞》。其篆法是:"风"字下二横画,"票"字下二横画,用"重字法",代替了"飘飘"二字。这种挪让,虽然有些异常,尚可通融。另一纽印文,却让他十分迷惘,字不能识,意便不解,斟酌日久,几乎失去辨认的信心。偶然想起了《西厢记诸宫调》中的一句唱词,他便去翻书查阅,当看到"张生闻语,转转心劳攘,使作得似疯魔,说了依前又问当;颠来倒去,全不害心烦"戏文时,谜团终于解开,原来这几乎无法辨识的印文即是"颠来倒去,不害心烦"。"颠来倒去"一语的原意,是说张生迷恋佳人,好像疯魔了似的,缠住僧人打问崔莺莺,问来问去,才说不问了,又要反复问,完全不害心烦。这八个朱文篆字,"不"、"心"、"烦"三字好认,其余的都难到了极点。如"颠"字用的是古篆法,《六书通》注为"光远集缀";"来"用古字"倈",而将"人"字旁挪到了右侧;"倒"字,将"人"字旁挪到"至"的上头;"去"字,下半部"厶"借用"倒"字的"刂"旁;"害"字的篆法,《六书通》注为"古孝经"。经过这么一番折腾,所以寓真才感叹:"看来,弄明白古文字并非易事,研究金石学问也需要入魔,需要问来问去,需要有那种'颠来倒去全不害心烦'的功夫。"(《读印随书》之五十《颠来倒去,不害心烦》)

数月前,我曾拿着黄易的一副七言篆书联影印件,到"大理家园"请寓真先生辨认。将件交给寓真先生后,适碰一熟人,于是交谈起来。还不到一刻钟,大家要做"鸟散状"时,我急拉住站在我们身边旁听的寓真先生说:"黄易的篆书联您还没给我辨识呢?"寓真先生一笑,拉住我的手往书案一旁走,指着地上待晾干的一副书联说:"这不是,都给你写好了!"我一看,黄易的这幅篆书联原来是"名花未落如相待,佳客能来不费招"。寓真先生还打趣我说:"这联写得多好,你以后就自觉点,别老是打电话叫你才来。"我的脸一下真红。

有感于此,有见于斯,我对寓真在《娄道南书画印》一文中所批评的"当今作印者,动辄就想创新,就想突破,但又缺乏基本功底,所制不免一片浮躁之气,绝无美感,岂不令人厌恶。笔者以为,离经叛道、自命不凡者,还是静下心来,学学古人,先从规矩做起为宜",深表赞同。而他在《我以信为宝》一文所说的,更具现实的人格意义:

> 恪守"以信为宝",必是一个真正的艺术鉴赏家。当今我们看到,有戴着"鉴定专家"高帽的人,却经常说假话。若是拿了赝品假货寻求鉴定,只要把钱送上,就能得到一张美言虚誉的鉴定证书。时下艺术市场上的风气似乎坏到了极点,看到宫尔铎这方"我以信为宝"的篆刻,抚今追昔,真可让人感致万端。信就是诚实无欺,真实不虚,言必有信。这不仅仅是艺术鉴赏的原则,它更是做人的基本品质,是一个社会的基本道德标准……拜金主义已经在我们社会中泛滥多年,但愿有朝一日,大家都能醒悟过来,都能懂得:"不宝金玉,以信为宝。"

看到此,我也要虔诚地说一声:不宝金玉,以信为宝!

2015 年 11 月 17 号

体味写诗

寓真 著

寓真诗文评论

寓真作品赏读有感及其他

孔令剑

记得刚上小学,次姥爷领我到县城去玩,大约五六里地的路程,我们不紧不慢地走着。姥爷给我讲些故事,偶尔和路人打一下招呼,或者回应路人的招呼,我静静地听着,阳光很好,路旁的田地一块一块消失在我们身后。这是一种童年的节奏。直到快要进入县城的时候,一辆军绿色的吉普车呼啸着从我们身旁经过,掀起一阵尘烟,这时姥爷停了下来,对我说:要好好学习,以后当个大法官,也能坐小卧车。说完,姥爷接着讲他的故事,而我,看着那一串长长的尘烟,似乎看到了自己并不遥远的未来。

从那以后,我不断努力,从小学到初中,从初中到高中,迷茫时总是想起姥爷说过的这句话。不经意间,它已渐渐成长为一个梦想。高考报志愿的时候,虽成绩不很理想,但我毫不犹豫地填报了中国政法大学。似乎,这是我对梦想的一次呼唤。结果可想而知,梦想带着迷人的色彩,最终沉落在一个少年的青春往事之中。

直到有一天,在杂志社知晓了寓真先生的名字。知晓寓真先生是因为他是一位大诗人,著作颇丰成就斐然,在山西乃至全国诗歌界影响巨大。而我,刚刚走上诗歌创作的道路,对诗歌,对诗人,对和诗歌有关的人和事,正处于一个极度敏感的时期,对寓真先生这样的诗坛前辈,自然是心向往之。很快,我就从同事口中了解到,寓真是笔名,他的真名是李玉臻,山西省人大常委会副主任,曾任山西省高级人民法院院长,是一个威名远播的大法官!他不但是一位高级领导,还是一位大诗人! 更令我震惊的是,寓真先生曾就学的北京政法学院, 也就是今天的中国政法大学。

就这样,一个我素未谋面的人,因为诗歌,因为我曾经的青春梦想,一下子走进了我的情感之中。而诗歌,不正是我又一个梦想所在吗?

期待着能见上寓真先生一次。

应该说我是幸运的, 时隔未久,"《山西文学》(2000—2006)杰出作家、优秀作家颁奖庆典"上,我第一次见到了寓真先生。时间是 2007 年 5 月 14 日。

上午 9 时。山西饭店西楼会议室。与会作家们甫一坐定,便听见有人说:来了来了,接着便是掌声,就座主席台的一干领导鱼贯而入,同样拍着手掌。我们会务组人员在后方的签到桌旁坐着。这时,同事凑过来小声说:那个就是寓真,并伸出手指来略微指了指。

循着指示看去，只见一位并不高大却让人有魁梧之感的老先生正缓步走过，一身深蓝西装，轻轻拍着手掌，边走边环顾四周，向在座的作家们频频点头示意。那副大框架眼镜一下映入了我的眼帘，那么大的镜框！细细看去，寓真先生的眼睛不算大，显得镜框更加大了！这难道就是奥秘所在？那双并不算大的眼睛，正是通过这副眼镜把世界看得更加广阔，更加宏远？大致是这样了，我便顿时有了一种莫名的敬畏。

再次见到寓真先生，是半年之后，2007年11月初，在为纪念新诗90周年而举办的"中国诗歌太原论坛"上。那天因为我对地点不熟，再加上路上塞车，第一次参加这样的大会竟然去得晚了。论坛开幕式已经开始，偌大一个会议厅，坐了满满的人，黑压压一片。我悄悄在后排找座位坐下，定神向主席台望去，这才发现全是高级别的领导，其中当然包括我已经见过一次的寓真先生。

远远望去，寓真先生仍是一身深蓝西装，一副大框架眼镜，谦逊慈和之中透出一派凛然正气。只是，我知道了寓真先生是论坛的主要策划人之后，对寓真先生的敬畏之外又多了一份亲切和感动。

至今想来，与寓真先生最初的这两次"见面"，已经单薄到了只是两张静态的照片，我也仅仅是那个摄取画面的人，并未和寓真先生有过一言一语的交谈，这却丝毫没有妨碍它们在我内心和精神上产生持久而强烈的触动。再后来，在其他一些类似的场合还有幸见过几次寓真先生,虽每一次的情形都历历在目,画面却一直固定不下来。我想,我和寓真先生之间,要永远被那两次"见面"的气场所笼罩了。

有感之一

寓真先生的作品,先前一直没有机会接触,虽零零散散看过一些,却因不成系统而如红花凋落,更谈不上仔细品味与研究。直到去年,借助编辑寓真先生名为《幼稚旧作十首》的机会,不但细细研读了这自成一体的 10 首诗歌,同时还认真翻阅了寓真先生最新的诗词集《寓真词选·寓真新诗》,这才对寓真先生的作品全貌有了一个大致了解。遗憾的是,我年少才疏,尤其对旧体诗词更是一知半解,仅仅止于欣赏阅读的层面。不过,即便如此,我还是从中获益匪浅,略述一二,以供大家参考。

寓真先生的 10 首作品,全部是以时间顺序排列,而且无论新诗还是旧体诗词,每一首开篇都有一个小序。这些别致的小序让我眼前一亮。通过这些小序,我们一下就了解到了这些诗作的创作时间和时代背景。在阅读诗作的过程中,这无疑是一种大的指引和着色,小序和作品之间相互说明和印证,两者都一下子鲜活起来。一口气读完,线条清晰,跨越 10 年的一段漫长历史便浮现眼前这是一组富有特色的作品,而且意义还不仅于此。

作为一个年轻的诗作者,我觉得在这特色小序的背后,是寓真先生"求真"的写作态度和独特视角,是对诗歌功用的独特发挥。这"真"放在时间的线条之中,便有了"史"的意味,我们在读诗的同时,也是在读史,诗歌也随即呈现出"诗史"的厚重气质。诗歌本身也就不再轻灵,不再浪漫,而是有了责任的重担和历史的思考。用寓真先生的话说,他"都是想把学习、劳动、生活中的某些感受表达出来",这是寓真先生一个基本的写作诉求,他"不是想当诗人,也没有想过发表",而在我看来,这却恰恰铸就了寓真先生作品的可贵品质。一方面,寓真先生的创作轨迹,完全与自己人生的足迹相契合;另一方面,寓真先生的创作轨迹,又是和一己之背后的社会发展轨迹相契合。能把作品置于时代的大幕布上,这是一种胸襟,一种气魄和境界。我想,许多人都做不到。

时下许多从事写作之人,大多偏离生活之轨道而一味追求纯精神、纯思想的空灵表述,不能说这些不好,文学应该有高于生活的高贵品质,在某种程度上应该鼓励和大加赞赏,然而这却是在有了生活之基时代之镜的前提下,否则,写作难免成了喃喃呓语,腻腻歪歪,文字轻飘,让人不痛不痒甚至感到有气无力终显颓靡之色。一旦写作者追求的精神向度无以附着,变得空洞,自我、单薄,呆板,作品必然会因缺少鲜活而丧失了交流的潜质。这也就是为什么如今诗歌越来越远离读者,进而出现写诗的人比看诗的人还多的奇怪现象。

寓真先生写诗,依靠的是自己深厚的学养,卓越的见识和丰富的阅历，这些都是他人所不能比，而许多人写诗所炫耀的，却仅仅是寓真先生的达到目的的手段。可以说，寓真先生是站在了诗歌的源头进行创作，而不是居之下游只饮一瓢而沾沾自喜。

因此，在《寓真词选·寓真新诗》中，大概是出于版式或者其他方面的考虑，虽然这些小序忽然一下不见了，我的阅读感觉依然是厚实可依，而且这种感觉越来越强烈，觉得每一首诗的背后，都有一个或大或小的事件，一个鲜活跃动的画面，一卷恢宏大气的时代影像。诚如苏利海先生在同期评论中所言，寓真先生在创作上是"追求'真'的理念"，这种"真"就体现在"诗的生活性、历史性和批判性上"，它"既是自己成长的真实记录，也是映照时代变迁的一个镜子，沉淀着他对自我、对时代、对历史深重的反思"。我想，寓真先生的创作对当下诗歌创作的警示，不能不引起我们青年一代诗人们的注意。

一日，信手翻看摆在案头的期刊，这才看到了寓真先生刊发在《黄河》2010 年第 5 期上的《六十年史诗笔记》，有种恍然大悟的感觉。原来寓真先生在丰富的创作背后，有着更加丰厚的阅读的支持，而且他把这些阅读笔记费了一番工夫，竟然整理成了一本书，相信许多人会从中获益。

有感之二

我写诗时间不长，而且全部都是新诗。且不说别人评价如何，坦白地说，我自己也不怎么满意，无论是语言表达，还是诗歌体式，总感觉单薄、僵硬得可怕，越写越觉得可怕，因此令我十分苦恼。好一阵子，总是时有写作的冲动，可一旦坐下来，写不了几句，便难以继续了。我真的是无法忍受自己了。最后，我索性不再动笔，强迫性地开始了对自己并不算长的写作之路的反思和总结，渐渐地，一些症结开始浮现，隐隐约约，模模糊糊，直到读过寓真先生的作品，我才一下明朗起来。

受到最大质疑的是我的阅读，这是在我看过寓真先生的《六十年史诗笔记》之后。有什么样的阅读就会有什么样的写作，这样说有些绝对，并不准确，但意思不差。而若遵循《论语》所言："取乎其上，得乎其中；取乎其中，得乎其下；取乎其下，则无所得矣。"如果写作非要以阅读为参照的话，它不但是无法高过阅读本身，而是要远远低于阅读了。因此，对阅读的选择要慎之又慎。

从寓真先生《六十年史诗笔记》中可以看出，寓真先生对阅读的选择十分谨慎。不仅有诗词大家、名家所写，更有伟人、要人之作，有这样的参考，寓真先生在借鉴古典诗词并创造性地继承的同时，又推陈出新，具有了鲜明的时代精神便在情理之中。

　　而我，刚开始还读一些国内现当代优秀诗人的作品，后来我渐渐完全取法欧美，在一座几乎全部由艰涩甚至怪异的翻译语言搭建的诗歌殿堂里寻找参照，现在想来，这无疑是对汉语语言特征的背离，是本末倒置的无知行为。文学，尤其是诗歌，毕竟是文字的艺术，背离了母语，还能写出什么好作品？

　　再看看寓真先生的创作。无论是在《幼稚旧作十首》，还是《寓真词选·寓真新诗》中，都是新诗与旧体诗词共存，我们一眼看出了寓真先生是在二者之间任意游走的诗家高手。虽然至今为止，寓真先生收入各类诗集的旧体诗词数量已近千首，而新诗只有百余首，两者之间在数量上并不成比例，但正如寓真先生在"创作谈"中所言：他"颇为频繁地写着旧体诗词，与新诗日渐疏远。只是偶尔间，有些情绪不想用古典格律去浓缩的时候，才任随自由写一些既不格律也不散文的东西"，这些"既不格律也不散文的东西"，寓真先生"姑且都称作新诗"。这一席话，在说明寓真先生的创作是以旧体诗词为主的同时，也透露了一个重要信息，即寓真先生的新诗是对旧体诗词的小小弥补和有意释放，它们出现在旧体诗词的"偶尔间"，却也因为有了浓厚的旧体色彩而意味无穷试以小诗《噫》为例："逝者去无影／来者邈无形／噫／苍茫天地间／只有波涛声"。

　　首先从形式上看，若去掉第三行的独字成段句"噫"，这首以新诗面貌出现的小诗，便迅速变成另一个模样：每句 5 字，共 4 句，完全符合五言绝句的形式要求。再说内容表达，这是 1968 年秋,寓真先生身临海滨有感而作的一首小诗,短短 4 句,气势恢宏,意境深远,完全可以与陈子昂《登幽州台歌》相媲美。只是一个"噫"字,一下让全诗活泼起来,虽然减弱了诗作深远意境的笼罩之力,却也因此,让一个大写的"人"在其中凸显,我们仿佛看到了寓真先生站在大海之滨的身影, 看到了在历史的滚滚波涛中,寓真先生仍然胸怀天下,意志坚定,不愿随波逐流,只是静听其声。

能写出如此卓越的新诗之作,我们怎能不说,这是寓真先生长期浸淫中华诗词的巨大收获?

追溯 2007 年的"中国诗歌太原论坛",因为有了寓真先生的策划和大力支持,这个为纪念新诗 90 年而举办的论坛,首度实现了中国诗歌学会和中华诗词学会的联合举办, 新诗和旧体诗词齐聚一堂,共话中国诗歌之繁荣未来。记得寓真先生在接受《中华读书报》记者采访时说:"新诗和旧体诗不应该有壁垒之隔,不论是什么形式的诗歌,只要是中国诗歌,是我们这个民族的诗,都属于我们要讨论的范围。"而且,"论坛不怕争论,不需要也不可能形成一种统一的结论,更不需要像法官那样去判断是非、解决争端,只要能展开探讨,引发争论,就达到了思想交流。观点的冲突和辩驳,就像打铁一样总会冒出火花,争辩越烈,火花越灿,不论是持什么样的论点,都会在争辩中得到锤炼、得到提高,总体上就会提升我们诗歌理论的成熟和精纯度。"

在我看来,这不仅仅是一种包容的胸襟,开放的态度,而更是一种智者的选择，寓真先生不但从自己的创作实践给我们做出了很好的榜样,而且,他还努力通过各种途径,通过自己的言行,把这个成功的理念惠及世人。作为一个目前只单纯写过新诗的年轻人,今后可能仍不会写旧体诗,但是,仅仅为了写好新诗,我也应该追本溯源,向我们传统的古典诗词学习,从中获得必要的成长营养和支撑之力。

感谢寓真先生。

《黄河》 2001 年第 1 期

新诗 90 年,书写中国人的心灵史

——专访中国诗歌·太原论坛暨新诗 90 年纪念总策划人寓真

谢 燕

光阴荏苒,中国新诗已走过 90 年的历程,为纪念这其中所经历的曲折与辉煌,11 月 4 日,由中国诗歌学会、中华诗词学会、山西省作家协会、山西省社科院等共同举办的"中国诗歌·太原论坛暨新诗 90 年纪念"在太原市举行,来自全国各地的 100 余位诗人、评论家汇聚一堂。

回顾百年新诗发展历程,1917 年 1 月《新青年》杂志发表了胡适的《文学改良刍议》,2 月发表李大钊的《文学革命论》和胡适的《白话诗八首》,那是新旧文化冲撞的惊雷。之后,郭沫若的《女神》开启新诗的先河。此后 90 年的中国新诗发展史上,涌现了一批批优秀的诗歌和诗人。他们以不同的艺术风格和审美个性创作出独具风采的优美诗篇,绘制了当代中华民族的心灵史。

新时期诗歌的发展,前期代表诗人有食指、北岛、昌耀。他们冲破了当时固定而僵化的写作模式，开拓出一个当代诗歌创作的全新领域，并直接促成了中国当代诗歌创作理论的兴起。

上世纪 70 年代末到 80 年代初，朦胧诗歌登上诗歌历史舞台，作为中国新诗的又一个高潮时代来临。它的代表诗人北岛、舒婷、顾城等人在艺术手法上全面出新，使诗歌从"文革"十年的绝境中大举反旗并成功出走。

继朦胧诗歌之后，中国当代诗歌创作进入了一个热闹但是却空荡荡的时代。朦胧诗歌群体迅速分化改变，于坚、韩东、西川、欧阳江河、翟永明、王家新、伊沙、徐江、侯马、莫非、林童、树才、刘文旋、马永波……所谓中间代、他们诗群、民间写作、知识分子写作、第三条道路等等以各自的方式登上诗歌的舞台。

2007 年 11 月，山西文学界活动不断，其中中国诗歌·太原论坛的开坛，吸引来国内 100 余位诗界人士，在中国新诗 90 年的纪念中，从山西这块土地上发出了诗人争论的声音。论坛的成功举办，在中国诗界引发关注。日前，本报特地专访了本次论坛的总策划寓真先生。

诗歌论坛：一种最佳的纪念方式

记者： 在新诗诞生 90 周年之际，举办"中国诗歌·太原论坛"引起了诗歌界的广泛关注。您作为一个主要策划人，是怎样估量这次论坛的意义的？

寓真： 我认为这个论坛的意义，首先在于这是对于新诗诞生 90 周年的一个最好的纪念。回眸新诗走过的这 90 年的道路，是极不平凡的，它与我们国家发生的惊心动魄的历史变革相重合，诗歌也在一种探索和挣扎中前进。我们通过论坛作一个深情的回顾，这本身就意味着对这段非凡历史的崇拜，对诗歌的崇拜，对所有为中国诗歌的发展奋斗过、贡献过的诗人和文学家们的追思和景仰，通过纪念也是我们对诗歌的钟爱和执着的信念的表达，让我们更深切地感受诗歌的崇高精神。当然，作为一个诗歌论坛，它不是一般性的纪念活动，我认为我们是采取了一种最佳的纪念方式。纪念新诗 90 周年，可以有各种形式，写点纪念文章，召开一个庆祝会议，邀集一些朋友在一起饮酒干杯，都是纪念，但是，通过举办一个论坛，从诗学理论上进行回顾和经验的总结，剖析问题，汲取教训，探索未来，这就远远超出了作为一个纪念性活动的意义，应该说这个论坛是一次具有重要学术价值的诗学理论研讨会。

记者： 论坛主要是围绕哪些问题展开讨论的，您认为是否达到了预期的效果？

寓真： 我们设计这次诗歌论坛的初衷，就是要为我们的诗人、学者提供一个面对面讨论交流的机会，大家共同来回顾新诗 90 年的历史，从经验和教训的领悟中来探索中国诗歌的前景。会前，中国诗歌学会秘书长张同吾先生同我们商量，拟出了一些论文提示，供参考的论题包括：新诗诞生的文化背景和驱动力；

中国新诗对古典诗词的叛离与嬗变、承袭、发展;中国新诗在哪些方面受到外国诗歌美学和文化思潮的影响,如何审视和评价借鉴的成败得失;在探求继承与借鉴相统一、民族性和当代性相统一的过程中,有何成功的经验和失败的教训;中国新诗是否形成自己的传统,怎样预见中国诗歌发展的前景,等等。莅临这次会议的有来自全国的一百多位著名诗人和评论家,在他们的书面论文和大会发言讨论中,这些问题都已涉及,专家们从不同的视角提出的许多论述,精辟、深邃、新颖,有的让人耳目一新,有的甚至是振聋发聩的。有的著名学者因为另有重要活动,送来了论文而未能亲临大会,到会专家的发言也受到了时间的限制,这让人有所遗憾,但从总体效果上看,还是基本上达到了预期的目的。

研讨过程:热烈的争论是必然的

记者: 您上面提到的几个论题,涉及了目前诗歌理论上的一些基本问题,这次论坛有没有形成某些共识?

寓真: 论坛的研讨和争辩气氛非常热烈,我感到在某些主要理论问题上大家还是可以形成趋同的认识。参加论坛的人士虽然来自方方面面,最基本的一条是大家抱着一个共同的愿望,都希望中国诗歌走向繁荣,同时也都对此满怀信心。张同吾在论坛开幕式上讲到,中国新诗 90 年历程可谓是"岁月峥嵘,道路曲折,业绩辉煌","新诗从发轫期、丰盈期、调整期而进入开放期"。许多人赞成这样的观点,对新诗的成绩给予了高度的评价。老诗人牛汉发言说:"我们经过了几十年的奋斗,实际上已经形成一个民族诗的传统,艾青就是一个真正的民族诗人。"虽然新诗的发展中有过曲折,一度出现标语口号式的非诗状态,而当下又在商业化的浮躁中出现另一种文字游戏的非诗、口沫横飞的口水诗,以至"下半身写作"之类,但这些都不能影响新诗前进的主流。五四以来新诗传统的形成,不仅是语言上的不断锤炼和艺术上的不断完善,而且始终保持了与时代命运、与民族忧患血脉相连的一种传统。李松涛说:"中国的新体诗与旧体诗各有各的传统,但历代中国诗人却保持了一个相对稳定的传统,那就是心系苍生,忧国忧民","诗人心怀苍生便热血激荡,热爱生活便永不失语。"我认为,也正是在这样一种基点上,使我们对中国诗歌的未来前景充满了希望。当然,这只是论坛中相对有代表性的一种声音,在谈到许多具体问题上,意见总是有歧义的,争论是必然的,否则也就不能称其为论坛。

焦点问题:新诗与传统诗词的碰撞

记者： 是的,只有展开争论,问题的探讨才有深度,请您谈谈是什么问题成为这次论坛的争论焦点?

寓真： 观点明显对峙、直接碰撞的是关于"新诗主体论"和传统诗词的复兴问题。高平发言说，五四以后中国诗坛被白话新诗占据主流地位是历史的必然，旧体诗词至今并未复兴，现在涌现的大量的旧体诗词，只是"顺口溜型""复古型"和"探索型"的。丁国成则认为，传统诗词发展已经进入了一个崭新阶段，它的初步振兴和繁荣已是一个不可否认的铁的存在。与旧体诗词振兴的势头相比，新诗现状要逊色得多。他说："'新诗主体论'在理论上不够周延，在实践上也是无益的，扬新诗、抑诗词，严重妨碍了我国诗歌的健康发展。"石英在论文中使用了"拥新派"与"拥旧派"的提法，他在肯定新诗成就的同时，反省了新诗那种"走歪了的东西"。周笃文的论文以"胡适与诗国革命"为题，从新诗诞生的源头上进行了反思，指出胡适本人在晚年时也回头支持写旧体诗，表示了自省的态度。刘章是一位既写新诗也写旧体诗的诗人，他的发言题目是"呼唤新诗与诗词的相融互补"。从海外远道归来的著名诗人洛夫，特别强调要"重新找回失落已久的古典诗歌意象永恒之美"，他深情地说道："我并无意鼓励大家去写旧体诗，今天写旧诗的朋友很多，写新诗与写旧诗的朋友应相互尊重各自的选择、各自的兴趣，但我今天在这里必须呼吁，写现代汉语诗歌的朋友在参照西方诗歌美学，追求现代或后现代精神之余，不要忘记了我们老祖宗那种具有永恒价值的智慧的结晶，真正的美是万古常新的。"

记者：这样的争论是能够得到很多启示的，除了新旧体之争，新诗自身的诗体形式也是当下诗歌界的一个热议的话题，这次论坛是不是也对这个问题展开了讨论？

　　寓真：　是的，"拥旧派"认为新诗体式是对汉语语言特征的背离，是借用了西方的翻译诗歌的形式。新诗界也对诗体形式争论不休，很多人对完全散文化，散漫无序、没有诗体的现象感到不满。吕进提出"新诗二次革命"的口号，其中一个主要内容就是树立诗体意识，进行新诗的诗体建设。朱先树在论坛发言中说："中国新诗诞生以来，最受非议的就是它的艺术表达形式。"但他认为当下对新诗诗体不能过分苛求，应当放宽尺度。在这个课题的讨论上可以看得出来，一些年轻的诗人和青年评论家有着自己独特的思维，他们思想非常活跃。在他们看来，似乎诗体形式并不重要，而是要求"每位真正的诗人，都应当写出个性化的作品，并致力于构建自己的美学体系"，为此，洪烛提出了"新新诗"的呼唤。潞潞的发言用了象征性的诗的语言，他说："对于诗人，我不希望有谁给出一个定义，那样也许会失去更多。有时候我们关注的，只不过是背景暗淡的一片天空，若隐若现的鸟的影子，而问题本身甚至是我们有意忽略的。"金汝平的发言题目是《中国古典诗歌对我们意味着什么？》他说："有最后一个人，就会有最后一首诗。那是我们永远想象不出的一首诗。就像屈原想象不出李白的诗，李白想象不出李贺的诗，李贺也想象不出我们今天所写的诗。""一个老诗人必勇于向更年轻的诗人学习，才能长葆青春。"

解决分歧:引起争论达到思想交流

记者: 看来论坛的确非常活跃,你们组织这样的论坛,事先有没有考虑到会引起激烈的争论,又如何通过讨论来解决分歧呢?

寓真: 诗歌理论上的分歧是一个存在的事实,但我们开始担心的不是怕引起争论,而是怕争论不起来,这种情况是可能的,有些诗人和评论家常常以傲慢和轻蔑的态度对待论敌,一看见不同立场的人扭头就走,似乎不屑于与小人论道,如果出现这种冷场,论坛就失败了。我们这次讨论一直很热烈,没有出现那种冷场的尴尬局面,这正是论坛的成功之处。我们这个论坛是开放型的,论坛的宗旨提出了十六个字:"精研博辩,兼容广纳,争荣振衰,继往开来"。"博辩"和"广纳"的意思,都是要大家畅所欲言,各抒己见。我们所处的时代是一个千变万化的时代,反映在文学和诗歌界,也是一种纷繁复杂的多元现象。在这样的时代背景下,一个论坛要像大海一样,能够接纳来自各个方面的理念和各种流派的观点。十六个字的宗旨的另一种表述,即是"诗论纵谈,流派纷呈,各放异彩,共绘斑斓"。因此,我们论坛邀请的对象注意了广泛性,采取中国诗歌学会和中华诗词学会联办的方式,扩展了参与面。既有中老年的诗人,也有新生代诗人;既有强调新诗主流的学者,也有力主复兴传统的旧体诗词家;许多年轻的诗人、网络诗人都到会了。论坛不怕争论,不需要也不可能形成一种统一的结论,更不需要像法官那样去判断是非、解决争端,只要能展开探讨,引发争论,就达到了思想交流。观点的冲突和辩驳,就像打铁一样总会冒出火花,争辩越烈,火花越灿,不论是持什么样的论点,都会在争辩中得到锤炼、得到提高,总体上就会提升我们诗歌理论的成熟和精纯度。与结论相比,我们更重视讨论的过程。构建一个兼容广纳的开放性论坛,打破诗人队伍中和诗歌理论上的宗派小圈子,面向大视野,这在诗歌界和评论界都是值得提倡的。

新旧阵营:珠联璧合日久显真意

记者:　刚才说到的论坛,中国诗歌学会和中华诗词学会都参加了举办,让新诗和旧体诗两个阵营的诗人同台讨论,确实是这次论坛的一个亮点,同时也有让人不解之处,既然是纪念新诗90周年,为什么让旧体诗群体的诗人来参加呢?

寓真:　新诗和旧体诗不应该有壁垒之隔,我们的论坛叫"中国诗歌·太原论坛",不论是什么形式的诗歌,只要是用汉语写作,只要是中国诗歌,是我们这个民族的诗,就不能排除在外,就属于我们论坛要讨论的范围。我们纪念新诗90年,应当看到新诗艰辛探索的进步和成就,同时也要看到这90年对于传统诗词来说,也是一个改造和新生的过程。两个组织在一起办会,这还是第一次,借用张同吾的一句话叫作"珠联璧合的美学构成"。这种首倡究竟意味着什么,毋庸更多地谈论,我相信随着时间的推移会显示出它应有的意义。

对于山西这是一种全方位的支持

记者: 通过您以上的介绍,这次太原诗歌论坛的意义非同一般,衷心地祝贺论坛的成功! 最后,想请您再谈谈论坛闭幕以后,您个人有些什么感想?

寓真: 这次全国性的诗歌论坛在山西举行,是对山西的一种全方位的支持,作为一个山西的诗人,作为东道主的一员,十分感谢中国诗歌学会、中华诗词学会,以及全国各地的诗人和评论家!朋友们在寒冷的暮秋,为了诗歌而来,使我备受感动。洛夫先生提前到达太原,会前一天我们安排他出去旅游,但他为了准备发言稿,在房间里认认真真地写了一天。牛汉先生是山西人,他对家乡和对诗歌有着同样深挚的感情,不顾年事已高、家人劝阻,执意要出席论坛,在大会前一天晚间赶了过来。高洪波同志因另有公务不能出席,代表中国作协并以他本人名义发了贺电。吉迪马加、郑伯农、谢冕、吕进、舒婷等著名诗人和评论家都因别的要务不能分身,一再打来电话表示歉意,有的把论文提前送来。雷抒雁本来准备了在会上宣读论文,我们临时请他做主持人,他欣然答应,和桑恒昌两人把大会发言主持得生机盎然。这些细节让人感动，是因为其中都渗透着我们的诗人对中国诗歌的一种无比珍爱的崇高感情。在论坛闭幕时，主办单位向优秀论文作者颁发了荣誉证书。我在主持颁发证书时说，大家看这荣誉证书很一般化，不是那种豪华型的，但它的意义就在于是新诗90周年的论文奖，你可能会荣获更多更高的各种奖励，但很难再得到这样一个属于新诗90周年的奖，要想领一个100周年的奖，还需要再等10年啊。大家就笑了，我的意思是说这次论坛是值得我们记住的。它肯定将大大促进山西的诗歌繁荣，我们也希望借助于山西深厚的历史文化的浸润，对于整个中国诗歌的发展有所补益。希望这次太原论坛能够在全国的诗歌界产生它应有的某些影响，让它的雪泥鸿爪在中国诗歌的前进道路上也留下一缕芬芳。祝愿中国诗歌这棵大树更加碧绿，更加茂盛。

《山西晚报》 2007 年 12 月 2 日

《六十年史诗笔记》以诗证史

刘　淳

《黄河》2010 年第 5 期发表了寓真的新作《六十年史诗笔记》。作者引用了自 1949 年至 2009 年 60 年间，各界著名人士写下的数百首旧体诗词，通过对诗词作品的解读赏析，密切联系新中国建立和发展的历史，重温各个时期的重大事件，形成了 20 万字的阅读笔记。从诗词家们在各个历史时期所留下的作品和作者的笔记中，真实地反映了新中国的辉煌成就、曲折进程和当时人们的思想感情，具有史料性、可读性和一定的思想性，以诗证史，诗史互证，新颖独特。

作者在"前言"中说："在中国传统文学中，史诗的概念有别于西方，我们的伟大诗人杜甫的作品，向有史诗之称。史诗意识一直深深浸润着中国古典诗词的灵魂。"历代许多诗词作品都反映着一个时代的政治和社会风貌，具有显著的史诗性质。新中国 60 年历史，"犹如一台闳阔大观的多幕剧，帷幕甫落，而一幕幕惊心动魄的场景，栩栩然尚在眼前。宏伟的理想，艰难的征程,惨痛的教训,奇瑰的业绩,构成了中国历史上一个具有特殊意义的极其重要的时代。而这个时代所留下的诗词作品,又恰似一面历史的长镜,反映着其间所发生的每个具体事件和整体历史风貌。几乎每一个年份,每一个历史事件,每一次社会变化,都在诗词中得到了敏锐而深沉的表达,这大概是别的任何文学品种都未能做到的。"

寓真曾出版多种诗集和散文,对旧体诗词有较深入的研究,尤其对诗词家聂绀弩的研究在文学界有较大影响。《六十年史诗笔记》是他长期积累、多方采集、深入思考、精心创作的又一成果。

《文艺报》 2010 年 10 月 11 日

求通·求真·求韵的诗人

——读《寓真词选·寓真新诗》

苏利海

读寓真先生的诗词感受到的不是旧瓶装新酒，而是老枝著新花，散发着老而愈艳的阵阵清香。这种清香既沉淀有古典的悠长韵味又折射着新诗的明朗自然。大致而言，寓真先生的诗体现出如下几个特点：打通新旧，以真动人，以韵见长。

寓真先生的诗自由穿梭于新、旧诗体之间，打破了新、旧之界，为二者的相融提供了一个很好的范例。关于新体诗和旧体诗的争论，自民国胡适先生的新诗运动以来，就一直贯穿在近百年新诗发展史当中。其间的主流自是以为随着新时代的到来，用新体，写新事才是二十世纪中国诗歌的主流。于是写新诗者多自觉地走向了与传统的断裂，仿佛这种断裂越彻底越能写出好诗来，直至时下，仍有不少现代诗人主张新诗与传统全面隔绝，取法欧美，全面横向移植。然而，不容忽视的是在现当代文学发展史上，新诗可算是诸多文体中成就最浅的一个，成功的诗人和作品屈指可数。总结新诗囊中羞涩的原因,虽然很难直接归咎于某一因素,但与传统的断裂无疑是一个重要因素,致使新诗现在读来仍带有意境浅薄、语言冗长、意韵不足等诸多弱点,而新诗格式也一直是散漫不稳,放得开而收不紧,成为新诗建设者们颇为头痛的一个顽症。自然主张新诗向传统诗歌靠拢,汲取营养的大诗人也为数不少,民国如闻一多,徐志摩,当代的如台湾余光中、席慕蓉、大陆的欧阳江河等等。然而新旧体诗如何相处,是维持一种浓浓血缘情脉? 还是始终抱有一种老死不相往来的隔绝态度? 这仍是一个难题。

寓真先生不以诗人自居,他的诗自觉地脱离现代诗歌主流,保持一种以诗抒情,自说自话的创作状态,由于脱离了主流,诗歌反而带有一种自由、活泼、清新的气息和浓厚的人文关怀。他的诗新旧兼通,但并非有意加入新旧之争,固执地找寻二者间的相通之处,而是随手拈来,不分新旧,只为达情所需,任意挥洒。这种看似散漫的创作状态反而寻到了诗歌的真谛:诗歌体裁无非是诗人情感抒发的工具,真正的诗人眼中并无新、旧之别,他完全可以在新旧体裁之间游刃有余,穿梭无间。自然,这不排除因人而异,因诗人的素养、经历不同,他可以选择最能达情的某种体裁,但这种主观选择的不同并不意味着体裁上的优劣之别。所以说新旧诗体之争即是个伪命题, 二者之间难以有衡量的标尺,如果有,那只能是因人而异,因情而异。以寓真先生为例,试看他同样讴歌边疆美景,一是《南乡子·伊犁河畔》:

秋色望桥头,瓜果米粮金满畴。至此游人须纵意,歌讴。直向云边放马牛。

河水正西流,自古涛声连九州。回首风烟遗恨处,沉浮。惠远巍巍钟鼓楼。

在新诗《最甜美的名字》中,诗人写道:

青海湖/你有一个世界上最甜美的名字/我迢迢而来/只是为了在你身边轻轻地/叫你一声/叫出你的名字/我的唇边就流溢着芬芳/我的眼睛变得蔚蓝/我的血液还原了古老的赤色/圣洁从我心中升起

词写的是当行本色,雄厚大气,而新诗亦写得亲切活泼,充满了浓郁的情思。可见旧体诗未必就是老古董,不能表达当代人的情感,而新体诗假若不经过细细雕琢,那种率意而为的新诗也未能就能真实传达出当下人的情感,一句话,诗只有真假,没有新旧。这也正如诗人自己所说:"我颇为频繁地写着旧体诗词,与新诗日益疏远。只是偶尔间,有些情绪不想用古典格律去浓缩的时候,才任随自由地写一些既不格律、也不散文的东西"。"我不敢说懂新诗,不敢说会写新诗,不敢说是属于什么潮什么代什么诗派什么什么。我只不过是以自己习惯的表达方式,写出了心中想说的话,仅此而已。"这种"不敢说"固是谦逊之态,但也表明了诗人心目中,诗体本不分新旧,创作强调的是自由,重视的是表达,在真正进入写作状态之后,只要为了写出自己心中话,适合新体诗即用新体写,适合古体即可用古体传达。这难道不说明在诗的王国里,新旧体并无高低优劣之别吗?

在诗歌创作上,寓真先生自觉地追求"真"的理念,这种"真"体现在诗的生活性,历史性和批判性上。生活性即是以诗来记载自己的成长岁月,感受着个体的悲欢苦乐;历史性即这种个体的感知同时折射着历史的演义,时代的变更;批判性,即在反映生活、历史的同时,诗人并非是完全客观的映射,而是带着批判性目光来反思自我,反思社会,反思历史。可以说,寓真的诗既是自己成长的真实记录,也是映照时代变迁的一个镜子,沉淀着他对自我、对时代、对历史深重的反思。他的第一辑《风雨征途》记录了自己参加革命的历程和时代的风雨变化,如《水龙吟,中秋访友聊谈记之三》所说:"文学现形社会,最鄙夷、粉描饰绘。千年专制,百官贪贿,兆民贫匮。删述之心,解纷之志,樽前长喟。"诗人无疑也希望自己的诗歌能达到删述历史,笔伐丑恶,代民诉苦的批判作用。这种精神在新诗体裁中有更多表现,缘于新诗更能奋笔抒情,不假音韵限制,更能传达诗人难以遏制的澎湃激情。如他的《辩论》写自己因喜欢读拜伦、普希金等人作品就被班主任无辜扣上了"小右"的帽子,那种"弹雨枪林"似的非正常辩论给诗人留下了"齿根还时时发冷"的伤痛。在《大炼钢铁》一诗中,诗人揭示了"弄下那一堆多是废品"的时代闹剧。在《灾年之秋》中，诗人痛苦地写道："饿肚的孩子蹒跚过田埂，眼盯着寻觅刨剩的蔓菁"。在《致某市长》中则怒斥一个在战争中立下战功，胜利后却是"安卧在城市的甜蜜的温床中，沉溺于花枝招展，美色香风"，整日"漂亮轿车，年轻丽人，城西城东，满街兜风"的堕落市长。此外如联章体组词《浣溪沙》分别追忆了自己的中学、大学生涯，情真意浓。如写中学时期的"日记翻开苔浅浅，勤工犹见汗涓涓，课堂听得燕喃喃"，语浅情深，可谓款款道来，字字生情。自然在对小我的记述之中仍不乏对时代大事的反映，如在对大学的回忆中亦穿插着时代的阴霾：

骤起风雷揪黑帮，高歌拿笔作刀枪，墨涂大字满街墙。　诸派夺权征战急，荷花落寞半池香，月明空照十分光。

既写出的时代的荒谬，又写出了在这样生存处境下的个体的孤独落寞之感。

在诗歌意境上，寓真先生的诗体现出对"韵"的痴迷。正如诗人所说："我不明白诗是什么，也许是记了些人生的琐碎，只要小舟不在浪涛中沉没，总会不断地摇出些韵味。"(《写诗》)"原谅我以往的幼稚吧，故乡。我读了一生才读懂了你呵，这部诗集，原来是那样深沉那样缠绵那样悠长。"(《我的故乡》)可以看出，寓真先生的诗不仅仅是一种个体、时代的忠实记录,更是埋藏了他对人生诗意美的无限追求。诗化的人生,人生的诗化二者交融一起,生活与诗融合成了一个美丽晶莹的水晶体,处处透射出"韵"的光环。寓真先生诗词中体现出的韵因为继承了古典诗词情景交融,以景结情等诸多手法,给人一种回味绵长之感。这里如《菩萨蛮,春波》:

绿漪荡漾春光里,少年情爱垂杨底。时事恨苍黄,天涯梦断肠。 重逢年老迈,气质仍然在。相对语无多,春潭又泛波。

词人在年老相逢之时,内心无限地感伤昔日错过的爱情,于是把这份情感物化在了一潭深沉的碧波之中, 这里无语的春波无时无刻不散发着情的深沉与热烈。又如新诗《孤独的时候》末段云:

只有那个朦胧的倩影 / 借着淡红色的灯光 / 送来了一缕温馨 / 让我感慕

意境典雅,诗中笼罩着一层朦胧而苦涩的情感纠结,亦可以说言尽而意无穷。此外,如《玉兰花》:

214

　　玉兰花开了／紧蓄着的花苞已经耐得太久／我曾经好几次默对着苞蕾／想问／你在等待什么

　　玉兰花开了／我终于读懂了芳魂的娴雅／伊人有着同样的气质／记得／她也那样久久等待过

　　由花及人，转折自然，又以花衬人，写出伊人为爱的执着，如同玉兰一样美丽而坚强。又如《新月》：

　　雨霁／月出／经过雨水洗涤的月牙／那样明媚／像三月桃花／她的粲然一笑

　　诗中既有古典的神韵还能隐约看到美国意象派诗人庞德的手法。总之，无论中西，只要能更好地传达情感，诗人皆取为我用，而这种广阔的视野让他的诗歌韵味沉淀得更深厚，更蕴藉。

　　求通、求真、求韵是寓真诗词的明显特点，他的诗篇处处折射着诗人独到的眼光和情愫，给当下诗坛不少有益启示。无须讳言的是，其诗词中仍有部分作品显得语词不够简练，口语化和散文化气息较浓。自然，这也包含着我们对寓真诗词更高的期盼。

《中华诗词》　2010 年 12 月

《诗词月刊》　2010 年 11 月

"年光"与"杜哀"

——读寓真先生诗三首随笔

高　峰

日前与二三友好闲聊,得闻寓真先生近作旧体诗三首,诗题尚不得知。诗写得非常之好。今试录之,献同好者吟之赏之。

其一

三月闻莺过柳岸,深冬沐雨又杭州。

有钱竞拍悲鸿马,无欲甘当鲁迅牛。

灵隐寺前烟叠幕,梅家坞里夜初幽。

噪音满世不入耳,枕上自聆溪水流。

其二

社交闭塞赖传媒,读罢报刊茶冷杯。

土地任凭官府划,钱财聚向富人来。

尝夸百代行秦政,却咏三唐感杜哀。

止暴安良恨无计,苍茫独立叹吾衰。

其三

迟暮深知世事艰,登楼犹为望乡关。

富豪日赌金千万,贫户时愁菜一盘。

忆国史曾无数泪,哀生民尚此多艰。

年光涨价声中度,冬至旋将小大寒。

　　寓真先生到龄退休以后,有了一些真正属于自己的时间。他发七十年之厚积,乐与忘食地整理旧作、开拓新篇章,陆续由人民文学出版社、山西出版传媒集团等单位出版了《寓真词选·寓真新诗》、《寓真歌行集》、《寓真律诗小集》等诗词作品集。特别是2009年初在《中国作家》第二期发表的纪实文学《聂绀弩刑事档案》,令京城一时洛阳纸贵。《档案》除却极高的文学价值外,对我国前"文革"和"文革时代"的法制史、监狱史乃至思想史、政治史、社会史,都有独特的文献价值。2010年又在大型文学双月刊《黄河》第五期发表了《六十年史诗笔记》,这是一部中华人民共和国成立以来六十年的沉甸甸的旧体诗记、诗选、诗评、诗史。《笔记》从万数首旧体诗词作品中独具慧眼精选出四百余首,并逐首作了评点,分作《东风篇》《伤痕篇》《春望篇》《感怀篇》四部分呈献于读者,体制独特,评述精当,并不排斥也不追随所谓主旋律,而是"尤注重反映社会现实、抒写重大事件的感怀之作"

（作者语），表现了作者非凡的阅世深度、识诗能力与学养、思想水平。该《笔记》应将成为一部别开生面的传世之作。

话扯远了，返回来谈三首新作。诚如作者所言，他读诗，一向"注重反映社会现实"之作。那么他作诗，更是始终心系生民、心系社会，直面现实、直面生活，从而不间断地叩问良知、叩问灵魂，从来不写呵世附时、无病呻吟之作。

且看第一首，写作者一年两度到杭州，因为作者酷爱祖国传统艺术，所以可能得闲去逛了艺术品拍卖市场，当看到有人数十万、成百万甚至上千万、达亿圆收藏或投资艺术品时，就不由得发出了"有钱竞拍悲鸿马，无欲甘当鲁迅牛"的浩叹。当然，"悲鸿马"并非实指，"有钱竞拍"亦无可厚非，关键在于有多少人在一掷千金时，又有多少儿童失学、老年断养，俯首为民的"鲁迅牛"是否已如"黄鹤一去"、恍若隔世了呢？而"水光潋滟"、"山色空蒙"的西子湖畔，也只剩下"千骑拥高牙，乘醉听箫鼓"的"噪音满世"之柳永气象了。那么，长此以往，会不会再发展到"暖风熏得游人醉，只把杭州当汴州"的林升所担忧的景象，作者这么想了吗？他没写，只是面对"不入耳"，写了"枕上自聆溪水流"的落寞与孤寂。这是在明示无奈呢？还是在曲泻愤怒？那是读者的事了。而"有钱竞拍悲鸿马，无欲甘当鲁迅牛"，则是一个时代国人精神面貌的传真写照，能成为名句吗？

再看第二首，文字浅显，但文学性和思想性都极强。第三联上句为："尝夸百代行秦政"。"百代行秦政"不算什么典,是史实中的常识,而冠以"尝夸"二字,似乎又有了一点"典"的味道。那么,"尝夸"的人是谁? 古往今来夸"秦政"的人数也不在少,不细解也罢。下句:"却咏三唐感杜哀",是说读唐诗深深感受到了杜甫的悲忧、悲哀、悲愤所在。那么杜甫的悲忧、悲哀、悲愤所在又是些什么呢? 可以"朱门酒肉臭,路有冻死骨"一联为代表吧。他以"穷年忧黎元,叹息肠内热"的一片忧国忧民之心,写下了《三吏》、《三别》等大量富有人民性的不朽诗篇,一首《茅屋为秋风所破歌》,以悲天悯人的情怀记写了下层贫民的苦难,表达了自己"安得广厦千万间,大庇天下寒士俱欢颜"的渴望与理想。那么"杜哀"与"秦政"有什么关系吗? 有! 看看媒体不绝于耳、不绝于目的有关"土地任凭官府划,钱财聚向富人来"的新闻、有关暴力拆迁屡屡致死人命的报道,在我们某些地方,"秦政"与"杜哀"的现代版岂非就在眼前吗? 这也就理解了作者"止暴安良恨无计,苍茫独立叹吾衰"的哀叹、愤慨所在。

第三首像是接着第二首一气呵成的。写到此,笔者也想发点感慨。作为一位功成名就、到龄荣退的有相当级别的高干,国家的待遇、社会的声誉、家庭的生活都很好,无论是"富豪日赌金千万"的奢靡,还是"贫户时愁菜一盘"的贫寒,干翁底事?看看人家欧阳修,没事了带一帮人临溪而渔,酿泉为酒,觥筹交错,众宾喧欢。"苍颜白发,颓然乎其间者,太守醉也……太守归而宾客从也……人知从太守游而乐,而不知太守之乐其乐也。醉能同其乐,

219

醒能述以文者,太守也。太守谓谁?庐陵欧阳修也。"我说:太守
所述之文者何,游山玩水、潇洒痛快、不关民瘼、洋洋自得之《醉
翁亭记》也。按寓真先生的声望、交游和才学功底,经常联络上
一帮老少朋友打打猎、游游泳甚至玩玩高尔夫,回来再写一些文
笔很美的《打猎记趣》、《游泳记爽》之类的寄情遣性、你唱我酬之
闲适诗文, 都是不成问题的。何苦要端坐案头,"忆国史曾无数
泪";还要俯首乡关,"哀生民尚此多艰"呢?无奈寓真先生还只能
是寓真先生。他少年时代从太行深处的小山村一路走来,读万卷
书,行万里路,社会的变迁,人间的冷暖,都在考问着他、历练着
他、坚定着他也成型着他。既然国史已经读了进去,那他将会继
续"读"下去;既然离别已久的"乡关"没有从他心头消失,那他也
必然会一如既往地"望"下去;既然"涨价声中"的确有人"时愁菜
一盘",那他就消解不掉很不潇洒的心头"杜哀";既然"年光"不
会跳着流淌,那他就有理由担忧,"涨价声中""时愁菜一盘"的人
家,"冬至"过后,该怎样应对接踵而至的"小大寒"呢?

年光,年光! 年光催人老,但年光不欺人。杜哀,杜哀! 杜哀
是忧伤的,但洒向人间的都是爱。年光的无情,照白了人们的头
发,这使有些人变得颓唐,趋向及时行乐。而"年光"的丰富复杂
内涵,也使一些人加深了"杜哀",深感时不我待。读寓真先生这
三首诗,不知为何,诗中"年光"与"杜哀"这两个似乎并无必然联
系的词,一直在我脑海里萦回。

　　写到此，我脑子里突然蹦出了与寓真先生诗毫不相干的两首唐诗，一首是王昌龄的《闺怨》："闺中少妇不知愁，春日凝妆上翠楼。忽见陌头杨柳色，悔教夫婿觅封侯。"一首是张祜的《宫词》："故国三千里，深宫二十年。一声何满子，双泪落君前。"对比之下，前面那位"闺中少妇"，因为没有经过太长时间的离别洗礼，与其说是"怨"，倒不如说是耍小性子。而后面这位宫女，因为有了二十年"年光"的煎熬折磨，这"怨"，甚至已经酿成了"哀"乃至于"恨"。这又使我想起了辛弃疾的一首《丑奴儿》词："少年不识愁滋味，爱上层楼，爱上层楼，为赋新词强说愁。而今识尽愁滋味，欲说还休，欲说还休，却道天凉好个秋。"依以上所引观，"年光"与人们的"哀"、"怨"、"愁"、"恨"等情绪、心境包括它们的强度，真的发生了联系，而且，"却道天凉好个秋"与寓真先生第一首诗中的"枕上自聆溪水流"是否也有了某种意义上的联系了呢？当然，辛之"愁滋味"与"杜哀"还不是一回事，少妇"怨"、宫女"怨"与"杜哀"就更不是一回事。少妇与宫女之"怨"，只不过是一些夫妻分离、深宫失宠的情感无寄与迟暮闲愁罢了。辛之"愁"更像指向个人情感世界的人生感悟。而"杜哀"则完全不同了，他"哀"的是"吏呼一何怒，妇啼一何苦"，"哀"的是"人生无家别，何以为蒸黎"。这就是所谓的忧国忧民吧。

　　忧民就是忧国。

　　不忧民之"忧国"，乃是伪忧国。

　　"杜哀"——"年光"，

"年光"——"杜哀"。

"尝夸百代行秦政,却咏三唐感杜哀。"

"年光涨价声中度,冬至旋将小大寒。"

还有:

"有钱竞拍悲鸿马,无欲甘当鲁迅牛。"

"忆国史曾无数泪,哀生民尚此多艰。"

文学乎? 思想乎?

直令人低回不已。

《黄河》 2011 年第 2 期

留作千秋文字香

——《六十年史诗笔记》里的神思大义

龚勤舟

中国作为一个诗歌的国度，几千年来流传了大量优秀的诗歌作品，它们之所以如此的宏伟，是因为它们具备了最深沉的苦痛和最博大的胸怀。史诗作为最具特色的诗歌题材，兼顾着"诗"和"史"的双重特征，它有着大开大阖、浩瀚无际的艺术表现力，有着上下几千年、纵横几万里的时空跨度，它将叙事、抒情、咏史、言志融为一体。"诗史"杜甫，经历着国家的残破和分裂，他关心时政，同情百姓，热爱祖国，即便暮年多病，依然心忧天下，其《秋兴》、"三吏"等都是史诗中的经典作品。南宋的陆游，戎马一生，写了近万首诗，他以满腔的热情驰骋沙场，诗中满含着深重的忧国情怀。历史上诸如杜甫、陆游这样的伟大诗人不胜枚举，他们的作品见证了一个时代的政治社会面貌。基于这样的原则，寓真先生将多年来对当代诗歌的积累整理汇编，并且对新中国成立后的四百多首诗词进行了笺注，付梓出版，成为《六十年史诗笔记》(以下简称《笔记》)。

《笔记》里的绝大部分诗词,书写了新中国 60 年的历史事件和社会状况,奇伟的业绩、曲折的征途、爱国的旋律、豪迈的理想都已化为一行行文字,表达着诗人们的心声。寓真将某一事件或某人的记录作为解读社会历史的线索来编选诗词,已成为该书的亮点之一。正是这些出现在"笔记"里的线索,让历史事件逐一贯穿,让一部分诗词紧紧地融为一体,也让该书增添了自身独有的个性。

《笔记》中有 12 首不同诗人的诗词与吴宓有着或多或少的关联,其诗词的选录,正可作为寓真独有的情思和意念。这 12 首诗词的写作虽然同在一个时代,但是诗词内在的意蕴却不尽相同,作为独立存在的个体,人们在阅读时可以体会到特殊时代对知识分子精神层面的戕杀,及他们凄凉的身世和零落的心灵。如"汉唐陵阙皆零落,惟有茅斋似昔时"(刘文典),"纵遇严霜和骤雨,芬芳终似故"(刘永济),"留命任教加白眼,著书惟剩颂红妆"(陈寅恪)。陈寅恪、刘文典、刘永济等学者与吴宓有着深厚交情,在特殊年代里,这些知识人士身处异地,而同样遭受着惨重的精神折磨。从他们的诗篇中,表现他们保持着贞洁的情操,如同屈原《橘颂》里的高洁诗人,他们作为传统文化的殉道者,他们更是心灵良知的守护人。

在关于庐山会议这一主题上,《笔记》选录了 10 首诗词,均以庐山为写作对象,而从不同角度书写了庐山会议期间与会人员的心境和慨叹。二十世纪五十年代的庐山会议本是一次"仙人会",但是随着会议的召开,会议议题发生了改变,最后成为一次"斗争会"。与会人员的内心充满了矛盾和焦虑。这十首诗词,多是借庐山风光来表达时事政治,带有较为浓烈的政治色彩。诗人们在遣词造句时也都用心良苦,着力提升了作品的艺术性。如"云横九派浮黄鹤,浪下三吴起白烟"(毛泽东《登庐山》),"如许周颠遗迹在,访仙何处至今疑"(董必武《初游庐山》),"空中蝴蝶迷茫梦,大计孰筹问耦耕"(林伯渠《庐山即景》),这些佳联好句,或是气魄宏大,或是活用古典,或是格调清雅,都有着纯熟的诗韵意趣。

本书既然是一部关于史诗的笔记,那么书中就有对社会的颂扬和对时代的同情。最让人感同身受、久久难以忘怀的当属《伤痕篇》里的诗词。寓真在该篇篇首引言中谈到:"伤痕,本指身体的创伤,而精神的伤痕是最为苦痛的。古人云'愍百姓之伤痍,哀黎元之失业';又云'吴王好剑客,百姓多创瘢'。"此篇所选诗词均为反映"文革"时期的现实境况,十年"文革"密布着伤心和困惑,充斥着迷离和隐痛,过度的权力侵占了人们的日常生活,权力取代了语言,控制着生活世界的正常交往,使得社会的理性化进程遭到扭曲和变异,滋生了社会的病态,加剧了人生的悲剧。这期间,众多诗人表现出不屈不挠的优秀品质,他们敢于揭露社会的黑暗,其诗词犹如地火迸发,震撼着人们的心灵。如"狰牙偷语来山鬼,坠瓦殿风吹佛灯"(萧印唐《纪梦》),"毒蝎螫人书屡废,贪狼呼类梦频惊"(霍松林《劳改偶吟》),"孤愤满腔何处诉,秋灯照见鬼擎旗"(王季思《选注聊斋志异书成志感》),"造反姑娘哀刈乳,兵团战士惨抽筋"(冯刚毅《惨象》),"揪刘绝食无遮会,恍似当年百戏摊"(萧军《轧轧蝉声》),"污水无端泼白发,丹心有泪泣寒蛰"(姚莹《忠魂祭》),"桑麻掩绝中原黑,邦国凋残大野昏"(林昭《血诗书衣》),"荆山献璞成和刖,鲁酒无醇致赵围"(姚奠中《平反有感》),等等,这些诗篇自伤身世,亦痛国家,揭露了当年的极"左"行径和人间丑态。《伤痕篇》里的诗词独立于时代而存在,诗人们没有害怕时代的困扰,没有回避人类的苦难,没有屈服于政治的迫害,他们是一个个充满了大爱的诗人,他们是一个个饱含着幽默和讽刺的志士。我们今天咏读他们当时留下的诗作,仿佛面对着这些慈祥的老人,面对着这些眼光犀利、骨头坚硬的智者,使我们充满敬仰的同时,眼睛里也不禁会闪烁着泪花。这泪花既是在同情他们的身世,又是一个时代的悲愤;既是在感念他们的真情,又布满了辛酸和苍凉。

寓真在编撰该书时,力求将更广泛的诗人诗作编入其中,注重广度的同时也强调着主次之分。他选录了毛泽东的八首诗词,其雄健豪迈的气象,乐观豁达的性格,高瞻远瞩的伟人风范,在诗词中淋漓尽致地展现开来。《人民解放军占领南京》作为该书的开篇之作,有着深刻的寓意,诗句慷慨激昂,震撼乾坤。《满江红·和郭沫若同志》虽是在抨击苏联,但其语句点石成金,气势如虹,撼动尘寰。郭沫若作为新中国科学文化领域的领军人物,其诗词虽有粉饰太平之嫌,不为知识分子称道,而在《笔记》中寓真坚持己见,选录其七首诗词,并做了充分透辟的说明,他写道:"文坛对郭老的诗颇有微词,无非因其过于迎合上意。其实不能一概而论,其旧体诗中仍不乏佳作。而且,那些歌吟政治形势的诗,也是某种现实录影,留下了历史的痕迹,自有其存在的意义。"其语如同拨云见天,从郭沫若的身世处境阐明了其诗词的历史价值。

相比于毛泽东和郭沫若这两位诗坛大家,聂绀弩似乎更具有草根情结,寓真选录了聂绀弩不同时期的九首诗作,他之所以毫不吝惜地将聂诗编入书中,是因为他对聂绀弩晚年身世有着深入的了解。他曾费尽周折地寻觅到聂绀弩当年关押在山西监狱里的档案和手稿,在那斑黄的残纸黑字间,体谅着知识分子的心灵,走近了聂绀弩的人生,并且熟悉着聂绀弩的心境和思虑。聂绀弩经常将政治运动、乡土俚语写入诗中,使其诗既有幽默诙谐的趣味,又有入木三分的冷嘲热讽。"青眼高歌望吾子,红心大干管他妈"(《钟三四清归》),两句一雅一俗,亦庄亦谐,充分表达了诗人对友人钟敬文的宽慰和对政治运动的蔑视;"安得菜刀千百把,迎头砍向噬人帮"(《挽贺帅》),生动幽默地折射出诗人对"四人帮"的憎恶;"自由平等遮羞布,民主集中打劫棋"(《赠周婆》),诗句掷地有声,揭露了当时的虚假现象。

诗歌揭示着社会现实,所以具有史诗的性质;诗歌作为心灵的流露,于是传递着真情实感。《笔记》中既有浩瀚澎湃的咏史之作,又有情意绵绵的内心独白,它们所拥有的史诗效果,寓真予以了更广阔的解读。如吴湖帆《卜算子·风娇雨秀图》一词,依画填词、以词补画本是传统文人画的正途,但是,联系到画家晚年的遭遇,这首词就不仅仅是一首单纯的题画词了,它在题画之外映证出画家的悲惨命运和传统文化所遭遇的破坏。"几度相思若有无,不觉春风冷",这句有关竹子情态的书写无意间却成了画家的晚景惨况。如若我们只是单单吟咏这首题画词,只是欣赏隽永的字句,而不去揣摩当时的社会背景,或许我们读到的只是表面的文字,而文字的内涵以及文字背后的人生都悄然逝去,这又何尝不是一种遗憾呢。然而,幸运的是,寓真在他的《笔记》里记录了一些鲜为人知的事件,他多年沉浸在传统诗词的海洋里,打捞着有关时代精神的优秀诗词,他结合自己的人生历程,努力挖掘着诗词内部的历史,他强调知人论世,从传统文化遭到践踏、从个人对文化的守护等方面来表现个人与社会的逆反,从而引发人们更加深入的思考。

潘天寿的五言绝句《梅月图》,同样是一首题画诗,"气结殷周雪,天成铁石身。万花皆寂寞,独俏一枝春。"该诗既是对梅与月的描绘,又折射出画家刚直不阿的性格,故而《笔记》写道:"艺术家虽死于非命,而他的艺术和志尚永在。正如李白诗云'纵死侠骨香,不惭世上英'。"赵少昂的《故园》别有一番风味,"故园起风雨,芳草伤摇落。一蝶独飘零,日暮将安托?"寥寥 20 个字,将画家暮年时节的落魄孤寂体现在淡雅的诗句里,画家将自身比作一只飘零的蝴蝶,在背井离乡的岁月里感到无限的惆怅。

笔墨点点似泪痕,字字凝重见胸怀,《笔记》让人在掩卷之时生发出无尽的回味和思考,寓真先生融入了多年的心血,著成此书,其中的艰辛汇聚了先生的生命体验。先生本为一诗人,几十年诗里来词里去,写出了时代的新声;先生又是一学者,几万卷书堆里古籍外,守护着藏之弥久的传统文化。先生于当代诗词,抄录之、引申之、发扬之,编撰了这部《六十年史诗笔记》,它的面世,既是先生为学为人之法,更是先生立德立功之举。

《黄河》 2011 年第 3 期

《中华读书报》 2011 年 5 月 6 日

《六十年史诗笔记:诗词里的新中国》

晚节渐于诗律细

——《晚籁集》略赏

蔡润田

寓真先生,原本素心人,机缘凑泊,不期然间竟做了几十年的高官,然而"君子之仕,不宜高下易其心"(苏辙《张士澄通判定州》),在大法官的位置上他这个"致仕散人"并没有"逐物意移",依然保持自然本性。于职司余暇,遣兴抒怀,寄情翰墨。以致诗人、学人的声誉高过了高院院长的名声。不过,毕竟在其位须谋其政,角色限定,繁文缛节、规矩绳墨是少不了的。因之,心身总不免有所拘囿。

角色转换　形神萧散

退休之后,角色变了,心境自也不同。这在《晚籁集》中表现得相当充分(《晚籁集》是诗人"退休之后二三年中所作,多数未曾发表")。其开篇《晚籁》诗云:

逍遥山右大河滨，踏破藩篱放眼新。

笔墨苍苍堪傲世，衣冠楚楚几完人。

归来闲事抚琴剑，谢绝尘缘远鬼神。

目尽夕阳云鸟稀，惟闻天籁至纯真。

　　首联状写诗人退休后的或一情境，仿佛诗人优游自得地漫步河畔，穿过一道道篱笆、木栅，放眼看去，尽是一派新颖奇妙的景象。其间，有人、有景，构成一幅绝美的图画。然而，这还只是的表层意象。妙在实中有虚的象外之致："逍遥"，自然意味着退休后角色转换的适意。"藩篱"则颇耐寻味，这一"兴象"似不可拘泥字面意义，毋宁说它更富于"界域""屏障"之类的抽象意义。虽然，"藩篱"不似"樊篱"，并无贬义，但为官自有为官的限定。在位时的所思所为必得有所遵循，有所忌避讳的。如今不在其位，自然无此羁縻了。为官时清规戒律的界域可谓是"踏破"了。"放眼新"，这一个"新"字，环境新，交游新，思虑新、心境新、境界新，……给人无穷联想，显示了诗人退休后的旷达与欣幸。颔联异峰突起，遽以凌云健笔、诗文名世自雄。看似奇兀，实则诗人旨在凸显人的潜质、内蕴，以反衬对句之意蕴，即以苍劲有力、形同天籁般的率真诗文与伪饰下的道貌岸然侪类形成鲜明对照。对那些徒有其表者流甚表睥睨。这一联写高下。接下去，颈联写好恶、亲疏、即离。出句化用陶渊明诗意，以"归来"拟退休，陶渊明有句云

"息交游闲业，卧起弄书琴"（《和郭主簿二首》）与此意蕴相埒。"琴剑"，琴与剑。两者为古时文人随身之物，"琴剑"，与陶渊明所说读书弹琴的"书琴""闲业"相仿佛，实为文人的象征，诗人以这一固有的古典意象，隐喻其身份的改变。同时见出诗人的艺文雅兴。有所近，有所远，有所为有所不为。出句"抚琴剑"，对句"远鬼神"。亲疏、好恶、爱憎判然分明。"鬼神"，盖指卑劣邪恶势力或人物。而做到"远"，端赖"归来"（退休）"谢绝尘缘"的缘故。尾联呼应首联，也以景语出之。夕阳西下，云静鸟寂。对应首联之"眼观"，此处则是"耳闻"，与看到的"新"相对，这里听到的是"真"。"惟闻天籁至纯真"，词调看似冲淡，实则寄意遥深。透露了诗人桑榆晚景之年仍执着于以"真"为至境的人生信条，和对纯真心性和至情的崇尚与追求。此是景语更是情语。以天籁自况，点出题旨。宋王禹偁《村行》有句云："万壑有声含晚籁，数峰无语立斜阳"。晚籁，傍晚时的各种天然响声。诗人以此隐喻退休之后迟暮之年所追求的人生境界和诗文旨趣，让人想到嵇康的"越名教而任自然"之境界。全诗夹叙夹议，有景有情，对仗工整，句中自对而又两句反对。大抵都是反义相对，出句与对句绝无"合掌"之嫌。

此集中还有不少抒写退休闲适心境的妙句，如：

开窗一笑问春寒，闲适方知天地宽。（《春兴八首》之一）

致仕散人随所安,何须对镜惜朱颜。(《春兴八首》之六)

寒尽催年似掷梭,壮怀无谓老消磨。

三年局外教条少,千古书中真学多。

若使性天蒙化育,自然心地息风波。

归来元亮何曾料,留得人间不朽歌。(《尾声》)

归去三餐有薯豆,何当万里羡鲲鹏。

短墙小院门长闭,不是钓台亦子陵。(《冬咏八首》之六)

与一般因退休而倍感失落者大异其趣,这里是一种发自心底的淡定、疏放。

仁心常在　行道清议

退休后省心多了,尤其省却了许多必亲力亲为的职事。然而,作为一个诗人、文化人,骨子里还葆有中国士子的忧患、责任意识。诗人曾在一篇文章中就他那名为"行道岭"的故乡生发感想,对儒家的"立身行道"精神备极赞赏,以故,诗人虽已无体制上的职分,却有着对"人道、道义"的自觉担当,《晚籁集》中就多有对国事民情的议论,以此履行一个学人"不治而议论"的社会责任。

233

秋兴八首（之二）

秋林蓦见尽霜容，感绪纷然满露丛。

富豪洗钱迁海外，劳农失地浪城中。

财亨愈显不均患，物博何堪暴殄空。

愧我在官还袖手，关河自古事无穷。

　　在这首诗中诗人由秋霜起兴而感怀世事之严酷。直抒胸臆，痛诋时弊。颔联以富豪与劳农对照拈出两类畸变世相，一面是巧取豪夺的富人移居海外安富尊荣。一面是无地可种的农民涌入城中浪迹市井。一"海外"，一"城中"，都是畸形社会中产生的怪胎。富豪、劳农两者看似都在寻梦，却是两种截然不同的人生。这两句明白如话，却是言近旨远，实中有虚，不乏韵外之味。在状写现实情境的同时，寄寓着诗人强烈的爱憎与悲悯情怀。颈联直指社会痼疾的症结所在。经济发展，财富增多了。但因为社会财富大量集中在少数人手里，越发显出贫富不均的所招致的弊端。丰富的物质资源也经不住奢靡无度的耗费。于此，诗人忧患、愤激之情沛然溢乎纸上。尾联自嘲自宽，面对如此严酷现实，反诸自身：我当初身居官位（诗人曾任高院院长、省人大常委会副主任），尚且袖手尸位，如今唯有愧疚。流露了诗人忧患国是而回天乏术的痛切心情与无穷感喟。最后说，亘古至今不公、不平之事就有许多，又奈之何？关河，系诗人故乡武乡河名，此处当泛指家国。

《晚籁集》中表现类似内容的诗句俯拾即是,如:

民生通货频飞涨,腐败膏肓愈入深。(《冬咏八首之四》)

不许民心仇奢富,何曾天眼睐贫穷。
怨声到处凭谁问,野树荒村啸北风。(同上之五)

风气靡然儒雅沦,畸形世造畸形人。(《春兴八首》之七)

时闻巨富金如土,正捧明星热愈狂。《夏吟八首》之三》

华都何处识耕桑,酒肉膻腥脂粉香。
嫁与金钱亡艺术,标高身价岂文章。《同上,之四》

每言及社会弊端常难掩愤激,常词语峻切。流露出诗人对国是、民瘼的关切热忱。

寄情诗文　游艺翰墨

如果说在职期间读书写作尚属职司余事,难得从容为之,那么,卸职之后,就其诗文癖好而言,可谓得其所哉。由此,诗人出离人爵进入天爵之境,体验逍遥之余,可以自由而深入的从事自己所喜欢的艺文韵事了。所谓"文章草草皆千古,仕宦匆匆只十年"。(清·黄景仁《呈袁简斋太史》)文章与仕宦之间,或许以诗文鸣世是寓真先生所更为看重的。

杂诗五首(之三)

雪落初春寒峭侵,长安西望意萧森。

退休忽觉人中冷,思考始能诗里深。

战国策携尘旅读,花间词对夜灯吟。

为文却恐雷池越,欲说民生费酌斟。

退休人冷与春寒料峭相照应,把天时与人事,自然与人文融为一体。退休感觉如时令的"寒峭",都城的"萧森"。使一个"冷"字有了着落。然而,这种境遇却赋予了诗人另一番天地。在心神虚静、冲融和易情境中得以在作诗为文中思致缜密。人情冷而诗意深,更能属意于诗文载籍的读写生活。《战国策》,《花间集》,泛指诗文载籍。志于道,游于艺。虽说诗人有了抒发情志的余裕,但为文摘藻还得有所忌避,对于关涉国计民生的问题,尚须斟酌词句。此诗临了还能见出诗人的自律和某种程度的局促。然而,毕竟心身都少了许多束缚。在吟诗问学方面诗人倾注了很大精力,就中,我们看到许多表现优游于诗文翰墨间的妙句。

短志苦于充大理,余才乐得做诗翁。(《秋感八首》之一)

大理:即大理寺,官署名。相当于现代的最高法庭,掌刑狱案件审理。秦汉为廷尉,北齐为大理寺,历代因之,清为大理院。此为谦辞,犹言志向不高,难为高院院长。

劳勤事业国而家,意气文章酒也茶。《谢职闲吟》
美盛人生不可长,但吟旧句寄微茫。
正当势焰京华贵,徒使文华蜀锦张。(《小年在京》)
文章傲骨铸成久,市场洪流融入难。
检点诗笺又满箧,不宜时尚送谁刊。(《庚寅正月闲笔》)
灿烂每怀唐社稷,雄深惟学汉文章。
著述岂为他人读,自写心胸兴味长。(《雨夜有思》)
敲字万千凭电脑,行年七十始临书。
登高能赋才安在,落纸如烟乐有余。(《学书有感》)
退休聊赖吟诗乐,著作方知出版愁。(《数九感事》)
文章由性聊闲写,出版拖时避热销。(《杂诗五首》)

如上云云,显示了诗人优游于诗文翰墨间适意与自得。

温婉古意　寄托遥深

在《晚籁集》中，偶或也能看到一些抒写情爱的章句。这不奇怪，人类对爱的情感需要如同亲情、友情一样，是贯穿于生命始终，不因年齿的增长而消泯的。对爱的执着、向往、追求往往是人性美的真情流露。诗人于此既情感深挚，又笔触温婉。每以拟古、仿古的古意寄托情思，读来，韵味悠长。

秋感八首（之八）

空存万卷一胸中，跋涉风霜路已穷。

北寺月来花影乱，西厢人去艳词空。

诗心孤独草虫噪，情爱凄凉秋树红。

总为双飞无凤翼，寄言只向故墙东。

这仿佛是一首怀人之作。大约诗人故地重游，寄居某寺，入夜步出居室，触景生情，嗟叹虽然满腹诗书，却已是风霜饱尝的晚年了。面对月照花影，人去屋空的夜景，感慨莫名。想到当初鱼雁传书，而今诗心寂寞，周遭只有一片虫鸣，情思爱意一如秋树凄清。既是睽隔无由会晤，所以只好独自沉吟寄托对远方伊人的怀念。这里用了两个典故，一为化用李商隐"身无彩凤双飞翼，心有灵犀一点通"句意，感叹无由会晤，心灵相通。一为"故墙东",《孟子·告子下》："踰东家墙而搂其处子,则得妻;不搂则不得妻;则将搂之乎?"宋玉《登徒子好色赋》谓宋玉东邻有一女,姣好为楚国之冠,登墙窥视宋玉三年而宋玉不与之交往。这里"故墙东",当化用宋玉文意,喻指貌美多情的女子。诗中说后会无期,离怀难遣,只好心仪默念向她遥寄情思了。再如:

无题用李商隐韵

寒俏春朝寒俏风,征尘南北梦西东。

彷徨何奈云山隔,思念惟凭青鸟通。

侧耳莺啼斟薄酒,低眉芳径避残红。

莫嗟人老交游冷,一缕温馨系断蓬。

李商隐《无题》诗如下:

昨夜星辰昨夜风,画楼西畔桂堂东。

身无彩凤双飞翼,心有灵犀一点通。

隔座送钩春酒暖,分曹射覆蜡灯红。

嗟余听鼓应官去,走马兰台类转蓬。

李商隐诗中所抒写的是诗人曾与所钟爱的女子一夕宴饮,旋即应官而去的怅惘之情。寓真这首诗用李商隐诗韵,不惟诗韵,其意蕴也有拟古寄情的意味。此诗当写于旅途或寄居他乡之时。抒写了诗人系念远方伊人的深挚情愫。

春寒料峭晨风里，四处奔波只有幽梦相随的诗人不禁伤感，想往而却行动迟滞，都因为路途迢迢，云山阻隔。只能凭信息互通款曲。回想往事，昔日情境宛在眼前：伊一面在他耳畔低语，一面为他斟酒；相偕漫步在游园花丛中，小心翼翼地唯恐踩踏落花。（"莺啼"此处似隐喻伊人细语）一番情意缱绻回想之后，面对现实，差可欣慰的是，不必慨叹老来人情淡漠，远方那脉脉深情的牵念就足以慰藉我这个身似飘蓬的人了。"断蓬"：漂泊无定，行踪不定。王之涣《九日送别》诗："今日暂同芳菊酒，明朝应作断蓬飞。"宋柳永《双声子》词："晚天萧索，断蓬踪迹，乘兴兰棹东游。"

此外，在其他一些篇章中也有此类情怀的表述。如《秋感八首》之七有句云：

> 昏沉老眼虚无境，痛切柔肠未了情。
>
> 吟意满怀皆落叶，更谁结伴上长城。

这里，似乎抒写了诗人淡漠世事，惟有旧情萦怀、知音暌违的凄凉心境。南朝梁何逊《赠诸游旧》诗："新知虽已乐，旧爱尽暌违。"似与此意蕴相侔。

在《晚籁集》中，我们可以看到许多古典诗歌的语汇。这一现象值得稍作议论。

在中国古典诗歌发展历程中，诗歌语汇一面在随着时代前进不断有所增益与筛汰,另一方面经由历代诗人精心锤炼,历史的积淀,形成了一套特有的诗歌语汇,其意旨不因时变而消融,有其相对涵容性、稳定性,在叙事状物、表情达意方面仍有不可替代的作用,后人常常借这些具有现成意义和习惯用法的语词,以表达某种特定的思想感情,引起人的定向联想。旧体诗中若无这些词语的融入,尽皆时兴词语,其诗作就难免流于浅白、伧俗,诗的韵味就会大打折扣。正因为如此,在一定意义说,这些词汇,不仅是旧体诗的必备元素,其运用的娴熟程度也是诗人旧体诗素养的标志。从以上征引《晚籁集》的诗句中不难看到,诸如"琴剑"(象征文人身份)"潇湘"(不惟地域, 也是美的意象)"扁舟"(消闲状)"长安"(并不一定指真正的长安, 而是指代国都)"杨柳"(积淀有惜别的情感)"断蓬"(表达游子之离思)"秋风"(往往兴起倦宦思归之意)等等,这类词语比比皆是,它们对丰富诗作的蕴涵、韵味,增强诗作艺术表现力是大有裨益。

这是就语言形式言, 是前人曾经运用过的, 也可以称为语典。还有一类为事典,即其出处与某一故事有关。刘勰在《文心雕龙》里诠释"用典",说是"据事以类义,援古以证今"。即是用来以古比今,以古证今,借古抒怀。《晚籁集》中这类典故甚多。如"蝶梦"(庄子),"九歌"(屈原),"三顾"(诸葛亮),"海棠妆"(苏轼),"故墙东"(宋玉),"兰亭修禊"(王羲之),"归来元亮"(陶渊明)等等。不论明典、暗典、翻典都既师其意,又能即旧为新,运用

241

自如,不露痕迹。大有"水中着盐,饮水乃知盐味"之概。

《晚籁集》中是一色七律。它们显示了寓真愈益深湛的艺术造诣。刘熙载《艺概·诗概》云:"律诗声谐语俪,故往往易工而难化。"寓真不惟深于律,俾能对仗工整、声韵谐和。而且不粘不滞,"工而能化",故能开阖排奡,转掉自如,气韵生动。七律作为寓真一丛晚秀之花,真可谓是"晚节渐于诗律细"(杜甫《遣闷戏呈路十九曹长》),写得越来越精粹了。

《黄河》 2012年第2期

七绝二首

——读寓真先生新著《体味写诗》

白樵苏

最近，寓真先生送我一本他的新著《体味写诗》。此书于2012年9月由人民文学出版社出版，收入作者历年写成的58篇诗论文章，有诗集自序，有写诗体会，有读诗心得，也有诗文评论漫谈等，内容丰富，语言优美，引经据典，自成一家。以对于我这样一个读书甚少的诗词不达意爱好者来说，实在是得益匪浅。

寓真先生是中国大法官中唯一钟情诗词的人，他多年身居要职，又不辍吟咏，且硕果累累，真令人羡慕。先生本已迳入堂奥，或称大家，但依然虚怀若谷，不妄称诗人，认为自己只是一个"写诗的人"，这更使人钦佩。正是：

好书闲读最怡情，半解曾经半悟新。

甘苦相通心与共，原来我亦写诗人。

名驰三晋早相闻,政法文章共一身。

衮衮诸公湮灭早,千秋卓荦是诗人。

2012 年 11 月 26 日

读《寓真词选》诗二首

北记　清波

一

为士不阿为政廉,清词曼妙手轻拈。
海棠风韵梅花格,恰与幽兰对影三。

二

高秋篱菊畔,把酒读新词。
负笈京华日,飘流琼岛时。
憩园悬夜月,蓬阙俯春池。
佳赏琴书久,坐看星斗移。

啸海楼　2013 年 3 月 19 日

寓真于诗　以心为文

——品读寓真诗集《晚籁集》

王　亚

　　我与寓真诗人相识近 30 年矣。近 30 年里,寓真的诗常常使我心醉,让我感受到人生的启迪、心灵的顿悟。读寓真的诗,常常有一种他乡遇故知的感觉。

　　壬辰初春,见到寓真诗人,他赠我诗集一本,名曰《晚籁集》,小 32 开本,装帧素朴、简洁、淡雅,收录其新作七言诗 142 首。从内容上看,大致可分为四季吟咏、名胜游记、酬寄赠答、即时感怀四类。

　　工作之余细细品读,顿觉情思旷远、古意悠悠;习习清风、扑面而来。作者寓真于诗、以心为文,或引经据典、直抒胸臆,或借景抒怀、借古喻今,或针砭时弊、直面民生,语言凝练而生动,情感细腻而深挚,立意高远而悠长。

　　寓真之诗,以景寄情,自然而为,情景交融,意境深邃。王国维《人间词话》云:"词以境界为最上。有境界,则自成高格,自有名句。"境界"是诗歌审美的最高标准。读《晚籁集》，可以看到作者以细腻之笔、古朴之法、浩然之气，在尽情描绘渲染四时景色的同时，不仅赋予了四季不同色彩、不同韵味，而且融入了自身不同心境、不同感怀，进而情景交融，浑然天成，丰富了诗的内涵，升华了诗的意境。无论是《秋感》"秋林蓦见尽霜容，感绪纷然满露丛"，还是《冬咏》"京阙冬前闻雪早，高原秋尽感深寒"，无论是《春兴》"开窗一笑问春还，闲适方知天地宽"，还是《夏吟》"十株春种湘妃竹，半亩日窥陶令园"。都贴切地展现出四季景色、时令变化，既不落窠臼，无刻意雕琢之感，又自然而成，无附庸风雅之意。这些诗，看似写景，实则以景寄情，因景生情。如果没有这些诗句作为铺垫、衬托和对比，便难以发出下文中"遥见郊原又草绿，奈何浊气不蓝天"；"夏风炎热世风燥，股市飙升房市扬"等针砭时弊的佳句，以及振聋发聩、令人警醒的感慨。

寓真之诗，引经据典，新词古韵，推陈出新，别有情趣。《文心雕龙》诠释"用典"之意："据事以类义，援古以证今。"即以古比今，以古证今，借古抒怀。作者凭借其深厚的古典文化涵养和功底，以史入诗，巧用典故，化古为新，不露痕迹，在营造意境、遣词造句上颇见功力。《敦煌游记》"大漠孤烟何壮哉，我乘八骏望西来"，依稀可以看到"大漠孤烟直、长河落日圆"的影子，却又不落俗套、推陈出新，增添了几多豪迈、几许洒脱之气；《嘉峪关》"铁血雄关铭汉将，羌戎盛会忆隋皇"，仿佛重回秦汉边塞，又见龙城飞将，而"繁荣斯日真欣慰，多少英魂铸国疆"，又为全诗注入了

247

新的内涵与深意;《登太白山》"天梯赖挂一竿竹，山寺凭观万壑松。横绝峨眉攀鸟道,直穿云雾上灵峰",尽显太白遗风,雄奇奔放,俊逸清新,令人叹服,而诸如"蝶梦"(庄子)、"九歌"(屈原)、"兰亭修禊"(王羲之)、"归来元亮"(陶渊明)等典故俯首皆是,运用自如,恰到好处。其他如"观景欣欣花似锦,燎原念念火如星"(《古田会议旧址有思》);"高碑夕照孰堪读，青史偏成血泪河"(《长汀谒瞿秋白纪念碑》);"故迹新园沐雨青,红旗犹指旧行营"(《雨中访瑞金》);"唤起斯民擎大纛,播传主义献雄躯。专横世道可哀也,喋血春秋敢忘乎"(《访李大钊故居》)等诗句,以史入诗,慷慨激昂,深刻表达了作者对那段血雨腥风岁月的感怀,以及对革命先烈的缅怀与敬仰之情,读来真切隽永,荡气回肠。

寓真之诗,拳拳之心,关乎民生,忧患诗情,源自人民。清初诗论家叶燮云:"境一而触景之人之心不一。"意在审美主体的身份地位、文化素养、性情气质的差异,决定了审美感受的差异性。或许是作者曾任省高院院长之故,因而民生情怀更深、更浓,所做诗作也就愈显炽烈、深刻。读《晚籁集》,字里行间不难体味作者忧国、忧民之心,尤其是在描写自然灾害等诗作中,表现得更为淋漓尽致,入木三分。《正月廿四雨水节令山右降雪旱情有解》"立春时令春不开,雨水节迎飞雪来……麦苗返青真粲美,桃枝蓄蕾盼红开",表达了旱情缓解后的欣喜之情;《见报舟曲泥石流灾害》"雨滂沱并泪滂沱,泥石流掀大难波。哀我民生何罪有,恨他天地不仁多",表达了对自然灾害后民生多艰之忧思。这些诗,立足当下、鞭辟入里,如泣如诉、掷地有声,表露出作者关注民生、心系民生、紧贴民生的质朴情怀与深沉大爱。款款真情,自然流露;拳拳之心,跃然纸上。

寓真之诗,直抒胸臆,真挚豁达,天然本色,情真意笃。王夫之《姜斋诗话》曰:"身之所历,目之所见,是铁门限。"生活是创作的源泉。诗歌艺术之花,只有根植于生活的原野,才能常开不败,长盛不衰。诗欲动人,自然贵真。一方面,作为中国作家协会会员、中华诗词学会常务理事、中国诗歌学会理事兼法律顾问,难免常有酬寄赠答之作,作者以其丰沛的内心、真挚的情感、直爽的性格,在诗笺上尽情地表达着自己温润的情愫。"吟坛巾帼显英姿,笑咏欢歌雅集时。纵笔当如秋瑾健,逞才不让薛涛奇。取将古意采莲曲,重谱新声漱玉词。许信明年春色好,东风共赏杏花诗"(《贺杏花女子诗社成立》),表达的是希望,寄予的是厚望;"不老人生壮志存,共推事业大河奔。英才自有中州气,诗教传承杜甫魂"(《贺河南老年诗词研究会廿周年》),充满着老骥伏枥、志在千里的壮志豪情,而这不正是作者心迹的表露与抒发吗?另一方面,作者于日常琐事、旅行归途、静夜寒宵、万籁俱寂之时的所思、所想、所感、所悟,随处可见作者至纯、至真、至爱的真性情。宋梅尧臣说"作诗无古今,唯造平淡难",《晚籁集》中于平淡中见奇绝的佳句随处可见,如"目尽夕阳云鸟寂,惟闻天籁至纯真"(《晚籁》),"喜听晨树雀儿叫,却怕夜窗蚊子多"(《夏日吟怀》),"芳草年华虽已去,诗书宿志未能终"(《途中吟》),"握笔呻吟过夜半，诗成方觉月窗凉"(《杂诗五首》)，"菊花满园红黄紫，杂菜半畦芹芫葱"(《小院秋晴》))，"看景还归乡里好，冰晶如玉挂松枝"(《元旦后一日降雪》))。这些根植于现实社会生活土壤之中的诗，看似脱口而出，不事雕琢，读来却如见其形，如睹其景，如临其境，和谐共鸣，妙趣横生，如若不是历尽世事沧桑、阅尽人生百态，怎会有这份胸襟、这份情趣与这份从容？

李玉臻笔名寓真，细揣之，概取写真话、表真意、寓真情之意。寓真吟诗，起承转合，平仄对应；凭格重律，音清韵押。读《晚籁集》，窥斑知豹，可见其功力也。我觉得，作者正是以"寓真于诗、以心为文"之真挚情怀，忘我书写，纵情吟唱！

《山西晚报》 2013年3月29日

此公原本是诗人

韩石山

《聂绀弩刑事档案》《张伯驹身世钩沉》接连出版，人们多以为其作者寓真先生，是位文史研究者。这是他新近的作为，却不能说是他原本的面目。

原本的面目，若论职业，曾任某省高级法院院长不能不提，若论写作上的成就，还得推诗人这一名实相副的称谓。前些年陆续出版诗集数种，多为旧体诗。通韵律，重蕴含，颇获好评。我最喜爱的是《寓真律诗小集》（山西教育教育社 2007 年 8 月），常置诸案头，不时翻阅吟咏，几年下来，都卷了角儿。

是诗人，也是官员，尤其是在行省臬台这样的高位上，惩治凶顽，纠劾贪墨，对世相的感触，对人情的体味，比常人要多得多，倾注于诗赋，便多了几分沉郁与苍凉。而这样的诗风，并非一以贯之，乃是经历了多年宦海沉浮之后才逐渐致之。起初，多的是豪情与自负，如《夜拟判书》：

拟文阅卷达更深，心手悬铅若百钧。

罪责细勘轻或重，讼词详辩伪和真。

矜怜莫予害群马，刑罚不加无罪人。

掩牍推窗纵远眺，秋蛰安谧月如银。

此事诗人不过三十几岁，已肩负重任，还敢说凡经过自己推勘的案子，"刑罚不加无罪人"。多年的司法生涯，尤其是身任臬台之后，几经沧桑，不能不有形单影只、回天无力之感。同样是秋天，同样是案牍劳苦之后，推开窗扇再看到的景象已迥异于前：

久劳案牍夏炎苦，又送年华秋雨侵。

名利最终如粪土，人生难得是知音。

晓风残月词中泪，流水高山琴上心。

反顾凭谁信高洁，自乘骐骥邸芳林。(《秋吟》)

这还是对世事的感触，待到毁谤加诸自身，烦恼如影随形之际，诗人所有的，家国情怀之外，又加上身世之叹，合为一种悲愤莫名的感慨。这些年，或许是探究聂绀弩的牢狱之灾，连带对聂绀弩的诗风深有体味，他的诗作也有了明显的"聂味"。更加旷达不羁，也更加雄健沉郁，拗句入诗是一明显的标志。像"侧身寒啸凄厉矣，领受批评唯诺之"，"宁神远离汽车道，静耳关聋电话铃"之类的句子，就有老聂的"各色"在焉。最能见出这一时期诗风，也最能见出其才情的,该是仿老杜《秋兴》八首而作的《秋感》八首。

秋天大概是个易惹诗思的季节,古往今来,作于秋天的诗赋格外的多。炎夏既往,寒冬在前,落叶纷纷,淫雨绵绵,平生的感叹,不由得便流溢于笔端。虽说生活在现代,我们的诗人,多的却是古典的情怀。毕竟时势不同,所感怀的对象也有所不同,老杜可以感慨"王侯宅第皆新主,文武衣冠异昔时"(《秋兴之四》),我们诗人感慨的则是:"豪富洗钱迁海外,劳农失地浪城中。"(《秋感之二》)不过,真到了悲愤难抑的时候,诗人的沉痛绝不亚于那位唐代的诗翁:"法治不行枉学法,人间混迹我何人。自嘲反道诗家幸,古句拈来尚似新。"(《秋感之四》)

在寓真先生的这本诗集中,不光有身世的喟叹,时势的悲抑,还有着一种纤丽的奢华,这是我原来没有想到的。这又使他的诗风,多了一重李长吉的熏染,龚定庵的香艳。这倒不是偶或的艳句,如《采风记》中的"杏花诱我真无奈,竟夕如泥成醉翁",多半是诗人为了自铸佳句的视幻如真。我说的这种纤丽的奢华,乃是草蛇灰线的有迹可寻。且粗略梳理。当诗人还是北京政法学院的学生时,有《赠别》一诗,其中两句:"蕙性兰心容自雅,风鬟雾鬓志方英。"既见品行又见相貌,此后这个"兰"的形象,一直贮于诗人心间,几十年间,不光鸿雁不绝,且时相过从。像《八达岭留别》《霜木》《暮行》《莺啼》《行吟》《倦吟》《山宿》诸诗,均有倩影在焉。且看《山宿》:

253

欲向青峰忘白头，风光无厌又重游。

山间蕙兰有缘遇，世上知音不易求。

寂寞心中情未死，流涛水底影长留。

京郊夏夜初温静，雨作潇潇已似秋。

以诗人的身份，这山宿断不会是鸡毛小店，"京郊"、"青峰"，当为实指，"又重游"也不会是虚拟。几乎不用猜测的是，这里又一次出现了"蕙兰"这样的花草。几乎作于同时的《怀旧又题》中有这样的句子："晚秋还好行游远，约会名山话旧豪。"是不是可以说，这次的"山宿"，又定下了晚秋的名山相会？

"生死情肠归一叶，风飘未料落谁边。"这是全书最末一首，即《律诗小集编后》的尾联。至此可以说，我们的诗人，确如他所言，"万首诗歌吟未停"（《丙戌初夏三入党校》）的写诗生涯，最后真是"将诗吟到玉兰丛"了。（《乙酉春日京城小住》）

虽说诗无达诂，不可以实相质之，我仍固执地认为，既扑朔迷离，又有迹可寻，不也是诗作应有的一种更高的意境？

沉郁，忧世，加上哀婉，该是寓真先生律诗的三大特色。至于诗律之规整，乃是诗人的本分，不说也罢。

后　记

寓真先生长期从事法律工作，业余从事写作，笔耕不辍。
2008年从工作岗位退休之后，创作了诸多有影响力的作品：

《聂绀弩刑事档案》，《中国作家》2009年第2期

《寓真词选·寓真新诗》，人民文学出版社，2009年8月

《六十年史诗笔记》，作家出版社，2011年1月

《行道集》，三晋出版社，2012年7月

《体味写诗》，人民文学出版社，2012年9月

《张伯驹身世钩沉》，三晋出版社，2013年8月

《法治文化丛谈》，商务印书馆，2014年11月

《读印随笔》，三晋出版社，2015年9月

《晚籁集》，2014年1月

《馀声集》，2015年2月

除以上著述外，寓真先生还担任山右历史文化研究院常务
副理事长，主持该研究院的编辑工作。2009年主编的《百年撷
音——山右美术馆藏画》，2010年主编的《国粹四大家》，分别由

山西人民出版社、商务印书馆出版。组织省内学者整理点校的历史文献《山右丛书》，其《初编》也已问世。

关于寓真诗文的评论，此前已有两个集子，一是《寓真诗词选评》（姚莹、汤梓顺编，作家出版社 2000 年 10 月），二是《豪华落尽见真淳——关于寓真作品的评论》（李旦初、魏红编，山西人民出版 2010 年 8 月）。两个集子中已经收录了徐放、姚奠中、刘征、张同吾、林岫的序文，以及屠岸、郑伯农、何西来、周笃文、丁国成、朱先树、马作楫、阎凤梧、董大中、降大任、韩玉峰、梁志宏等多家评论文章。

本书以韩石山先生致寓真"关于文学创作的一封信"的标题"诗文需有大境界"为书名。所收文章为近几年有关《张伯驹身世钩沉》《聂绀弩刑事档案》《法治文化丛谈》《读印随笔》等新著的评介和访谈。凡已见于前两个集子中的文篇，除个别有代表性的评论外，不再重复收录。

本书所收文篇，都已在国内媒体公开发表，编者未能与各文原载报刊及作者一一取得联系，尚希各方谅解，如有不妥之处并恳请批评指正。

编者 二〇一五年十二月

图书在版编目（CIP）数据

诗文需有大境界：寓真著述论评集 / 苏华编 . --
太原：三晋出版社，2016.1
ISBN 978-7-5457-1293-3

Ⅰ.①诗…Ⅱ.①苏…Ⅲ.①中国文学-当代文学-
作品综合集 Ⅳ.①I217.2

中国版本图书馆CIP数据核字（2016）第006716号

诗文需有大境界·寓真著述论评集

编　　者：	苏　华	
责任编辑：	冯　岩	
责任印制：	李佳音	
出 版 者：	山西出版传媒集团·三晋出版社（原山西古籍出版社）	
地　　址：	太原市建设南路21号	
邮　　编：	030012	
电　　话：	0351-4922268（发行中心）	
	0351-4956036（总编室）	
	0351-4922203（印制部）	
网　　址：	http://www.sjcbs.cn	
经 销 者：	新华书店	
承 印 者：	山西臣功印刷包装有限公司	
开　　本：	850mm×1168mm　1 / 32	
印　　张：	8.75	
字　　数：	180千字	
版　　次：	2016年1月　第1版	
印　　次：	2016年1月　第1次印刷	
书　　号：	ISBN　978-7-5457-1293-3	
定　　价：	26.00元	

版权所有　翻印必究